冯丽

著

如归

Rest in Peace

北京出版集团公司

北京十月文艺出版社

谨以此书献给我的父亲母亲

目 录
CONTENTS

序

三年前，父亲"忽然"病了。

肺癌，住院月余，立春前去世了。

他死得很不情愿，很挣扎，最后的喘息中，还在舞动手臂，企图赶走迎接他的死亡。

其实，他早就病了。

因为母亲先得了胃癌，大夫说最多还能活半年，我们都慌了，包括父亲。大家都盯着母亲，盯着她的死，好像死亡带走她的那一刻，需要我们的目光做证。

没想到，死亡这片乌云，先卷走了父亲。

父亲去世的那一年秋天，母亲也去世了。他们做了五十来年夫妻，数次尝试过离婚，最后还是相随而去。母亲比大夫的预言多活了两年，死得非常安详。

许多死亡之后，似乎才明白：活着的人，哪怕是亲人，并不懂怎样关怀即将死去的人。

春天又来了……随着风尘，滞缓地临近。吹在脸上的春风，仿佛衰老了，留下满脸粗糙，久久不散。

坐公交车去买花种菜种。

气喘吁吁上下车的老人很多。没人让座时，他们紧抓立柱，稳稳站定，脸上没有失望，也没有希望，也许早就把希望埋葬了。

他们活得那么坚定！

父母离开后，站到了临死的前线，没有了遮挡，才真切地看见老人世界的模样。那里的时间慢得仿佛不再流逝，像一种特别的停止，原地摇晃着，重复着……时间堆积自己，用相同的每一天把老人压住，压死。

而老人活着的信念就是——不死。

似乎是一种无意义的对峙，却经久不息，历代相传。

老人外面的世界，时间快得发疯。人们祈求时间过得慢些，再慢些，害怕太快滑进晚年的深渊。

我原以为是死亡割出了此岸和彼岸，其实，它们是从"老"

开始裂开的。老和尚未老的人，彼此不再有真正的相知，哪怕是父母儿女。他们坚持的都是自己能理解的，维系他们的是妥协之后的亲情、责任和道义。连这些也没有的彼此，索性就不维持了。

母亲临终前，我们问她，想见什么人吗？

她说，不。

她最后一次醒过来时，问她，有什么话要说吗？

她微微晃头，目光冷静地掠过我们的脸，像落叶拂过空气，闭上眼睛，再也没睁开。

遗体告别时，她双唇微开，含着微笑。

这个微笑挡住了我的眼泪。

……直到她去世一年多，一个阴沉的傍晚，我站在一个拥挤的过街桥上，望着桥下的滚滚车流……灰色暮霭中兴奋闪烁的红色尾灯，仿佛在一个巨大的陌生中，呼应彼此，彼此呼应……最终还是各去各的了。

活着，像一种裹挟，身不由己地随着涌流，不得细问，何去何从。这时，想起母亲的临终，在那个肮脏的过街桥上，我哭花了妆容。

她早就比我更知晓这个世界，告别才会那么断然！她的毫无留恋是一种清楚。这清楚不是死前骤然发生的，是活出来的。

那天晚上，我一哭再哭，最后想起某作家写过的一句话：我老了，而且，我还怀疑当下的快乐。

这应该是彼岸母亲眼中的我，现在的我，我现在的迷惘。父母生了我，他们的死也不是分离，悄然连上了我未来的死。

一个真正的死，应该是一个好的结束。

这就是我写作《如归》的心境。看见了把守在每个出口的死，活着便没什么大事了。这些丝缕琐事，自己的，他人的，从中我仿佛读出了一个个童话，容我慢慢展开……匆忙中，权当一次陌生的私聊。

母亲

（一）

母亲年轻时少言寡语。

小时候与她有关的记忆，都像默片一样。

她拉着我的手穿过城市，去努尔哈赤的陵墓公园，在石马脚下拍照；她和我坐在中山公园的荷花前拍照……她喜欢拍照，不喜欢说话。

她拉着我的手，出门，去拍照，去买东西。她不跟我说话，路上碰见熟人，被问起去哪儿时，她也总是微笑着轻声回答：去前面。

只有几岁人生阅历的我，像局外人一样，沉默地看着他们，连母亲那种礼貌性的微笑也省了。在我的记忆中，我从未生过疑问，为什么母亲不告诉别人，我们要去哪里。那些人苦涩尴尬的笑容，在我幼小的目光中，也是正常的表情。长大后，我好像忘了这回事；再想起母亲这个回答时，她已经离开人世，我已经年过半百……我才哈哈大笑，甚至狂笑不止。

有的幽默需要半个世纪酝酿。

母亲的话语像被堵住的涓流，更年期开始汩汩流淌，从早到晚；父亲说，你妈现在一天说的话够过去一年说的。她述说她看到的听到的，她的感慨；我听着听着，偶尔嗯啊应答。一如习惯她的沉默，我也习惯她的絮语。她的唠叨是静的，进到我心里，不烦。她有病后，随着身体的衰弱，活动半径减小，她没有那么多可说的，开始重复说过的话。

她最经常问的是，你怎么样？

每次我回答，挺好。

接着，她会说，活着没意思。

我说，那也活着呗。

她说，那是。

有些冬天被记住了，因为发生了比冬天更寒冷的事情。

2010 年的冬天，母亲被确诊：胃癌晚期。医生说，她最多还能活半年。

告诉父亲后，他泪如雨下。我从阳台望下去，街上到处是融化后再次冻结的脏雪，脏得尖厉。

在我的记忆中，更多的是父母的争吵。

父亲得知，母亲最多还有半年可活，再次痛哭。他答应我们绝不向母亲透露任何消息，一定好好照顾她。

母亲生病前，他们住在两套相邻的房子里。两个床，两个厕所，两个电视，两个淋浴……只有吃饭在一块儿。我要把两套房子打通，他们都不同意，疾病侵袭前，他们过了几年和睦的日子。

那年也有一个漫长寒冷的春天，直到六月才感到真正稳定的暖意。父亲对母亲疾病的耐心也在夏天的潮湿中，慢慢变了味道。

一开始，父亲对母亲的照顾的确是"忘我"的，带着健康人对垂死之人的巨大同情，凡事的宗旨都是为了让病人高兴。保姆也向我夸赞，她说，你家老爷子真行，啥事都问你妈行不，真有耐心。疾病仿佛把他们带进了新的状态。

唯一对此没做出额外反应的是病人，她很平静，对父亲格外殷勤地照顾近乎无动于衷，仿佛这是她照顾了他一辈子的某种回报。她没有因此怀疑自己得的病不是胃炎，直到她临终，她从未问过我，她得的到底是什么病。

她不感兴趣，或者她从一开始就知道了……

我母亲一辈子受过很多苦。晚年，她偶尔谈起某些苦难时，口气更多地是轻蔑和嘲讽的，仿佛苦难不是悲惨的，而是可笑的。用坚强形容她的性格似乎并不准确，她向来是宁静和蔼的，但却是坚硬的。她绝不更改，无论对还是错。我前夫跟她说，饺子不能蒸二十分钟，蒸过头不好吃。她微笑点头首肯，下次蒸饺子的时间不会有任何变化。

　　一个苦难都不能怎样的女人，似乎也不是我父亲能应对的。他们一辈子吵架的起因，多为琐事。父亲嗓门大，脾气大，家里说了算的一直是母亲。这应该是父亲心里的一片阴影。

　　他的另一片阴影与他的虚荣心有关。

　　父亲一直是家里的经济支柱，他最后调离事业单位，进入企业，导致他的退休金远远低于母亲，变成他的隐痛。他一辈子攒钱，梦想发财；母亲一辈子花钱大方，从不攒钱，不想发财，最终也没受穷。这曾是他们互相调侃的话题，一如无伤大雅的玩笑，岁月却慢慢把它变成了抵喉的尖刀。

　　婚姻中的心理失衡可以轻易埋葬爱情的某种永恒；这永恒的基石仿佛是每个人的痼疾铺就了命运。而命运的形状并不像一首十四行诗那么随意。

　　一切都是安排好的，包括无法改变的一切。

　　父亲对待病重母亲的态度里，渐渐露出他的痼疾。

别人的故事：

脏世界

一年里，总有一些这样的天气，像人们说的那样，早晨拉开窗帘，以为自己瞎了。远处，近处……到处都是灰的，脏的，感觉世界也是脏的。

老李头儿走出家门，迈进脏世界，心情很好，因为他家里也很脏，还因为他要去买一件很贵的东西，送给他喜欢的人。

老李头儿去了家乐福，买了一瓶可口可乐和一个五百多块钱的亚都牌加湿器。

在家乐福的门口，老李头儿喝完了可乐，掏出五十块钱的手机，打电话。

小荣吗？我是老李头儿，你在哪儿呢？

我在一二九公园，等你也不来。

五十块钱的低档手机漏音，小荣不算甜美的声音周围的人都听见了。

我没去，不等于没想你。刚给你办了一件事。

……

你不说秋天干，皮肤不好吗，我给你买了一个加湿器。

真的啊，太有才了。花多钱啊？

要买就买好的，五百多，带臭氧的。

太动人了，还带臭氧的，我得怎么感谢你哪？

死丫头，全世界就你一个人知道怎么感谢我。你回家，我这就打车过去。

欧了，老爷子！

还老爷子，你这死丫头。

爸！

老头儿刚想去打车，被喊住，吓了一跳。

你怎么在这儿？

我还想问你哪？

你跟踪我啊？

要是不跟踪你，怎么知道小荣啊。

有话你快说，我还有事哪。

爸，她是干啥的，你不是不知道吧？她想打你啥主意，你也很清楚吧？

老李头儿不说话。

她在公园晾鞋底，一只脚写二十，一只脚写五十，这样人能靠得住吗？你偶尔找她，我和俊彦都知道，算是理解你，也没多说过你。你现在走得太远了，爸！今天是加湿器，明天还不得给她买房子？

老头儿低声说：我要是买得起，真说不定。

老李头儿像在梦中，说梦话。

要是给她买了房子，她也就不用干这个了。跟我好好过日子，不也挺好的嘛。

爸，你知道你在说什么吗？你不难为情吗？

我应该难为情，可惜，我不难为情。我一辈子里还是第一回，对个老娘儿们动心。当年对你妈我也没这样过。

我和俊彦对你不好吗？

不能说好，也不能说不好，你们该做的都做了，邻居说不出不是，我也挑不出毛病。但我知道，你们心思没在老人身上。我这么说，也不是怪你们。现在社会就这样，年轻人有年轻人的生活，再加上压力大，社会竞争恨不得到了不要脸的地步，哪还有精力关心老人啊。老人就得自己想辙，自己给自己解闷儿。

爸，你要是觉得我们哪儿做得不好，我们可以改进。

不用改进，都挺好。问题是你们为我做的，我都不感兴趣。我不想跟你们出去吃饭，出去兜风，我想找个人儿说话儿，聊天儿，你们跟我没有共同话题，除了讨论我的遗嘱。

爸……

抱歉了，儿子，老爸让你丢脸了。我知道她是个野鸡，一是她跟我挺对路子;二来,好样的谁能看上我啊？我这两个钱儿,也就够个温饱，找个像样的娘儿们基本没有可能，她们要找的都是公务员军官警察教师之类的。你还有啥要说的？我看我们都谈到位了。

我和俊彦反对你和这个女的交往。

那你们就继续反对吧。

老李头儿哼着《咱们工人有力量》，拎着亚都牌加湿器，走向大街。他扬手打车，像一尊豪迈的雕像，高昂着头，方脸膛，腰杆挺得直直的，厚实有力的大手，挥向前方。

别人的故事：

亮晶晶的涎水

列娜梦见自己穿着睡衣站在城市的最边上，背对一片一尺高的稻田。城市忽然像巨人一样，背着楼群和天际，向列娜压过来。

列娜号叫着醒来，大汗淋漓，早餐时，她看见，六十五岁的妈妈正在给七十二岁的爸爸擦嘴，桌子上还有吃剩下的早饭。

你能多待一天吗？我有些事情需要处理一下。

没问题。列娜说。

列娜的妈妈是一个灵巧干练的女人，花白的短发，除了皱纹，无论神态还是体态，都还像五十岁的女人。她曾是瑜伽老师，现在依然是某个天主教教堂的琴师，每个周末的弥撒，列娜的妈妈都去弹管风琴。

列娜把爸爸推到花园的阳光里，给他戴上墨镜，要不是他嘴角的涎水显露病态，他和沉浸往事中的健康老人并无二致。列娜自己也戴上墨镜，一边喝第二杯咖啡，一边看报纸。园子里昨夜开放的白玫瑰，偶尔飘过一丝香气。

哦，好闻。你闻到了吗？

她的爸爸像一个广告牌，没有任何反应。

列娜想起小时候，在午后的阳光里，她的爸爸妈妈坐在园子里喝咖啡看书，蜜蜂落在没吃完的蛋糕上，她却像蜜蜂一样，满院子飞舞，在草地上跑来跑去，跌倒爬起再跌倒……

爸，你还记得我小时候……

列娜吞下了后半句，爸爸的银发在太阳里闪着光，鬓角沁出细汗，手背上的青筋鼓着……她记忆中的爸爸已经死在眼前爸爸的身体里。

但是，爸爸还活着。

列娜想起妈妈。明天她要回到自己的城市，自己的生活中，这里将只有妈妈一个人应对……

她禁止思绪的蔓延，像扑灭大火那样果断。她不能继续想下去，因为她什么都做不了，她有她的生活，她的工作和她的孩子。

列娜的妈妈坐在城市的另一个花园里。她的长椅对着花园的甬道，甬道两边开满了淡紫色的勿忘我。她忧伤的目光仿佛越过了整个城市，落到了坐轮椅的丈夫身上。从春天第一朵花开，到秋天凋零的最后一片叶子，她仍然无法相信丈夫生病的事实。某些早晨她醒来，仍然习惯地对丈夫说起当天的计划，说起她

的梦……然后她总是从床头柜的抽屉里拿出新的手绢，先擦了自己的眼泪，再去擦丈夫的涎水。

教堂管风琴轰鸣奏响之后的寂静里，她经常感到上帝的目光落在了她的背上。背一阵阵发热，心一阵阵收紧。她在心里对自己也对上帝喊过：难道我就应该牺牲自己的生活吗？！

她要写一本关于瑜伽和心理的书；她要去看看拉美和日本；她要带着外孙和女儿去法国南部度假；她要夜深人静时……她不敢继续想下去，这是她家族的心理传统，在混乱的思绪前，停住脚步！

她从包里拿出购物单，上面写得密密麻麻的，从甜食罐头冷冻食品到新鲜鱼肉青菜……她是流泪写下这张购物清单的。她一边写一边下过决心，自己照顾丈夫，多买些东西，节省以后的购物时间。

她从花园的长椅上起身，撕了购物清单，扔进长椅旁的垃圾桶里，然后朝一个理发店走去。

她没有进理发店，也没进电影院。在咖啡店，她买了一杯咖啡，边走边喝……经过鞋店，她也没买自己急需的那双棉拖鞋；经过医疗器械店，她也没买丈夫需要的那个气垫……她越走越快，不停地喝咖啡，想浇灭心里的喊声……

那个晚上，风很大，刮得窗户直响。列娜的妈妈在风声中，跪到了丈夫的脚前：

对不起，贝昂纳，你一定要相信，我做出这个决定有多难！贝昂纳，我做不到，我想做，但我做不到。我不能让你的病一点点吃我的命。我也不年轻了，也许我的死，在更近处等着我。贝昂纳，你能理解我吗？我想好好活几年……之前照顾孩子，照顾父母……这一切好不容易都熬过去了。贝昂纳，我们的命好惨，刚刚可以开始我们的好生活，你就病倒了。

你别担心，贝昂纳，我都打听过了，康复医院的条件设施都很好，那里的人都很热情，我跟他们谈过，都没问题的。我每天都去看你，医院离这里不远，走路十几分钟就到了……贝昂纳，你听见我的话了吗？贝昂纳，你同意吗？亲爱的，你同意吗？

风声更响了，雨也跟着来了。巨大的雨点儿杂乱地敲打着门窗，瓢泼大雨顿时倾泻到房顶上。雨的巨大声响笼罩了这个孤独的小房子，仿佛也隔绝了它与世界的联系，只有列娜爸爸嘴角的涎水亮晶晶的，在列娜妈妈的眼前静静地滴落下去……

母亲

（二）

日子一天天过去，父亲对母亲的照顾中，一点点渗进了另外的"企图"，这企图也许他自己也没意识到：他希望有病的妻子完全听他的。

他先让保姆把中午饭的三个菜减到两个，最后减到一个。

保姆或者我陪母亲逛超市，买回来的东西他都要过目。

有一次，给母亲买了一双老北京的呢子面棉鞋，在家里穿。他大吼起来，让我数数母亲的鞋，那么多鞋还买鞋！

母亲淡淡地说，愿意买！

父亲摔门，回自己的屋子了。

类似的事情越来越多，不久就爆发了一次争吵，在我和父亲之间。

母亲无论年轻还是年老，一直都很漂亮，却只用过一种雪花膏——友谊牌的。她和我现在年纪差不多时，增加了粉饼，粉饼的牌子我忘了。有病以后，她很少用粉饼。有一次，保姆用轮椅推她散步，在一个小店里她发现了喜欢用的那种粉饼，一下子买了两盒。

回到家里，面对父亲的盘问，母亲说，这是她喜欢用的那个牌子，很久都买不到，以为不生产了，好不容易碰到了，多买点儿备着。

父亲把我叫到隔壁房间，立刻大喊起来：

这日子不能过了！

买粉饼我理解，买一个还不行吗？还要带到棺材里去吗？！买东西，行，买能用得上的，整天买我也不反对。关键是买的都是没用的，放在那里放着，给鬼用吗？

我试图向他解释，花钱买东西，有时候买的是一种心情。

什么？

父亲一辈子最心疼的就是钱。我小时候，母亲花钱买绣花台布，买塑料花，为此父亲没少与母亲吵架。在他看来，这些都是没用的东西。没有台布塑料花根本不耽误活着，而且这些没用的东西又那么贵。现在，从我嘴里居然听到买心情这样的话，他的天塌了。

这日子我过不了……他大喊……我们吵了起来……

最后我被气哭了，也倒出了自己的苦水：你们一切的一切都要我来管！你不能这样对我，要是我倒下了，谁来管你们哪？！

他立刻哑了。

那天晚上，我哭着离开父母家，一个人走到中山广场。白天喧嚣的城市，安静之后格外寂寥。广场上，我和毛主席塑像对望着，彼此能交换的只有无奈。清冷的夜晚，街上的行人急匆匆地往家赶。此刻，我又害怕回家。虚弱时，打开自己的家门，害怕被迎面而来的孤独再次袭倒。

这是巨大的变化，父母都健康时，我虽然与他们的交流不多，但他们还是我独自世界中的一个象征。这象征是一个告示，告诉我，我并不是独自一人。他们病了之后，联系松开，告示牌倒了。

这空白又不是孩子能够马上填补的。

人不如想象的那么坚强，看上去似乎可以承受人间的千辛万苦。其实，死亡一挥手，就掸掉了人的种种自以为是。

我从未怀疑过死亡的说服力，经历了亲人离世，渐渐悟到：比死亡更坚硬的是对活着的误解。

终于有一天，母亲给我打电话。

她说：我要离家出走。

那时，因为病情发展，她下楼需要两个人搀扶。

你要去哪里？

她想想，没想出更好的去处。对我说，搬到你家也行。

我说好，下午过去接她。

她说好，这就让保姆收拾东西。

她说完，电话里传出摔门的声音，我估计是父亲生气了。

下午，我回到家，父亲还在他自己的房子里。母亲开始陈述。

你爸把中午的三个菜减到两个，又把两个减到一个，我什么都没说。最近，他开始让我们吃剩菜，我再不说话就闷死了……

我让保姆继续做三个菜，你爸不让，保姆都给弄哭了。

还有，你爸不让保姆用热水，说冬天才用热水，现在这么冷，跟冬天有什么区别！

还有，你爸不让吃新大米。他说先吃陈大米，单位发的陈大米还有六十多斤，吃到死也吃不完。我就想吃点儿新大米，怎么就这么难呢！

我有退休金，还没花他的钱呢。他看我有病，就想把天翻了，我惹不起他，还躲得起吧。

我走，他一个菜不吃才好呢！

这日子没法儿过了。

母亲说完开始流泪。

我让保姆收拾东西，母亲立刻不哭了。她打开电视，眼睛一眨不眨地看着电视，估计在想心事。

别人的故事：

想起我，我就会在那儿

波德里亚说，生命太长了，长到给了我们错觉，以为死亡真是可以无限期推迟的。

读到这句话时，W 已经死了。

他的生命一点儿不长，去世时还不到五十岁。他是瞪着双眼，张着大嘴死去的，好像被上天带走他的决定惊呆了。

他死于脑部出血，真正打败他的，到底是什么，认识他的人各有各的说法。

波德里亚还说，你想写一个人，活着的或者死去的，都可以在动笔前，从别人那里找到一句话，用它定个调子。

于是，我从荣格那里找来一句话，给 W 定了调子。荣格说，有人活过去，这些人爱说，我过去如何如何；也有人活未来，他们爱说，我将如何如何。W 属于后者，他总说，我得怎样怎样……我和他一样，兜里的打算比硬币还多。这也是我和他走得较近的原因，同病相怜。

W是一个有魅力的男人，长得好看，还不傲慢，谁说话他都认真听，轮到他说话时，他还羞涩，像男孩儿一样。我们管他叫川久保玲，她的品牌直接翻译就叫像男孩儿一样……

W心怀理想，喜欢歌唱，不是同性恋，深得成熟女人的喜爱，他也喜欢年龄比自己大的女人。

W的理想有两个：一个是他的事业，他要写本关于艺术创作的书，简单说，他要在书里穷尽艺术家的创作动机，把它们列出，分门别类整理，然后结合艺术家的实例分析，论述每种创作动机的特点和本质。这是一个宏伟的工作，这些年，W一直在做准备。他为此购买的书籍和读书笔记摆了半个书架。在我看来，他的准备跟捡破烂集邮票没有本质区别，这恰恰是他迟迟不能动笔的原因。他不能深入处理这些材料，为什么？我们都不知道。他自己也不知道。

W的另一个理想是一个女人。他想跟这个女人一起生活，直到终老。为此，他必须离婚。为了离婚，他先从家里搬出来了。我们帮他把租赁房的两个居室粉刷一新，墙壁上钉满铁架子，摆上他的书、他的笔记、他的CD和唱片还有他的DVD影碟。这是他仅有的财富，从地面堆到了棚顶，撑着他的生活。

那天晚上，我们坐在灯光下抽烟喝酒，烟雾和灯光互相牵绊，似乎都想在对方的怀抱里寻找沉醉的感觉。大家一瓶接一瓶，

喝得畅快，生命似乎也随着透彻起来。最后，快把人生喝成悼词时，W取来他的老红棉吉他，开始唱歌。

他爱唱《太阳中的季节》《橄榄树》《Yesterday》这样的老歌。

……再见了，朋友，死亡难以接受，鸟儿在歌唱。我们爬过的小山，已被时间遗忘，春天四处弥漫，到处是可爱的女孩儿……再见了，朋友，想起我，我就会在那儿……

从前，我有过一个朋友，告别时爱说永别。大家劝她别这么说，不吉利，她并不理会。她死后，大家说，是那句不吉利的话，把她送上了绝路。

她已经死了三十年。

她知道自己要永远地离开这个世界，才会说"永别"。她是在向我们告别，我们却劝她别这么说。我们没有接受她的告别，她才一遍遍地说……

这么想，我似乎才稍懂天意。

W爱唱歌词里有"再见"的歌曲……啊朋友再见，啊朋友再见，啊朋友再见吧再见吧……W死了，朋友聚会喝酒，没有一次不提到他。大家谈论他留在人们记忆中的细微和温馨；从他谈回到自己，懒洋洋的，失了认真，失了严肃，最后谈出的都是生活的碎渣，仿佛更重大的生活只能藏在心中；又仿佛一切都尽在把握中……

"应该在死之前，理出个真正的头绪，用减法，把那些乱七八糟的像垃圾一样扔出去。"我说。

"W 死时没这么做过吗？"

"没有。"

我说完，大家都在等待我的解释，可我偏偏不想解释。W是我的挚友，我不想跟死人较劲。

W 在他的租赁房里住了七年。这七年里，他没离成婚，他钟情的离婚女人又嫁人了。他很痛苦，喝了两年大酒。有一次，他喝了一瓶白酒之后，向我承认，他不知道怎样深入进去，怎样开始写一本书。他渴望跟我谈他写作的细节，而不是写作计划。他写了一篇又一篇小文章，关于这个艺术家关于那个艺术品，但他无法把这么多艺术家的创作动机概括成一本书。

这是非人的。他说。

也许。我对他说。你想做的话，神会帮你。

神？他为什么要帮我？

因为你有了这个想法。

W 是信神的，但他伸出的手臂太短，拉不上神的手。

他要离婚，他妻子说不。

他搬出来之后，他妻子搬出了女儿家。

他女儿对他说：你要是离婚，我就从这里跳下去。他女儿说的那里是十三层的窗口，是他原来的家。

对谁，他都没提起过女儿的威胁。他说不出口，包括对要离开他的情人。对我说这话的那个晚上，W已经喝醉了。那之后，他仅仅活了六个星期。

W家的那幢楼，在我上班的路上。每次经过，我都习惯地仰头看看十三层的那个窗口，想象着W的女儿正在向下飘落……

我想起一个笑话。一个女孩儿去见教堂的主教，她说，今天早上我面包掉地上，涂黄油果酱的那一面没挨地，你说这是不是一个奇迹？

主教说，孩子，那是你涂错面儿了。

往日的戏剧依旧在大脑中轮番上演，而分手的伙伴正如解散的剧组，从角色回到他们自己或别的面具中，不再归来。

别人的故事：

我的爷爷奶奶

我的爷爷奶奶很有钱，但他们不花钱。

我问他们，留着钱干什么？他们说，不干什么。

我不理解他们。他们说，他们理解我。

我说，这不可能。他们说，当然可能，因为我们吃的盐比你吃的饭多，过的桥比你走过的路长。

我不能总跟他们争辩。我们一争辩，争辩就会变成争吵；争吵一超过两分钟，爷爷就要打我。

他总想做他做不到的事情，比如，打人。他现在只有我身高的一半儿，偶尔还犯眩晕的毛病，仍然觉得自己力大无穷。我爷爷要是去美国演超人，会拒绝使用特效。

我奶奶喜欢做她不应该做的事情。比如，做饭她总用不新鲜的食材，她说，不新鲜的应该先吃掉。

我说，那你就少买点儿，每天吃新鲜的。

她说，谁天天去市场？市场又不是厕所，非得天天去。

有一天，她做了一个炒土豆丝，放了好多醋和酱油，像炒酸角。吃完饭，我在阳台上给我的宠物蜥蜴清理床铺，看见菜篮子里的土豆不仅生芽了，芽里还长出半尺高的绿叶了。

你想药死我啊？我对奶奶说。

她说，我傻啊？为啥要药死自己的孙子！

你没听说，土豆发芽能药死人吗？

你要是开始听这些，早就吓死了。

那以后，每次吃饭前，我脑子里都会闪过一个念头：要不要写个遗嘱，给公安局的人省点儿麻烦。

因为上学远，我必须住在爷爷奶奶家。

爷爷奶奶从来不吵架，所以爷爷经常跟我吵架，好像男人要是没个对手就不算男人似的。

有一次，爷爷要给我画像，我答应了。我一边背英语，他一边画，最后画出来的我，跟镜子里的我一模一样，连我脸上的灰都画出来了。

我说，你画了这么长时间的一幅画，我一照镜子就有了。

我爷爷说，你懂什么，我画的你，比你照镜子，传神多了。

我说，我给你画一张，然后你就知道了，绘画和照镜子的区别。

我画了一张爷爷的油画肖像,他看完生气了。他说我丑化他,

他要求我把画撕毁，否则就控告我侵犯他的肖像权。

我拿他没办法，就像我拿那些不懂艺术，却觉得艺术懂他的人没办法一样。

我用打火机把油画点了，我爷爷看傻了：油画布上的脸在火苗中扭曲着，像在被焚毁中获得了生命，有了痛感一般……

没等我道歉，我爷爷一个人走了。这是他原谅的方式。

有一次，我跟爷爷去银行取钱。爷爷走在我前面，背着一个旧帆布背包。我看见几个小本本从爷爷的背包里漏出来，我喊爷爷，告诉他掉东西了。

爷爷的脸都白了，吓的。

他回头先看看地上，再看看周围，又看看我，然后开始捡。他把捡起来的小本本重新装进背包里,继续惊恐,瞪着眼睛看我。

我问他，是什么啊，好像是存折。

他示意我别嚷嚷，又左右看看，有没有人注意我们。

他说，这太危险了。

他想了想，又说，亏了你走在后面发现了。亏了你，我的孙子!

我说，你的背包漏了。

啊?!

爷爷把背包掖进怀里，破例打车回家了。回到家里，他清点了背包里的存折，一共三十七个。

清点完毕，他对我说，一个都没少。你有功劳。

上面一共有多少钱？

爷爷说，等我死了，你就知道了。

我奶奶最不喜欢的事情很多，其中之一是打车。有一次，爷爷奶奶去家乐福买东西，满满六个塑料袋。爷爷一手拎两个，奶奶一手一个。我爷爷要打车，我奶奶不让。

她说，有夕阳红卡，坐公交车不花钱，就三站地，不用打车。

我爷爷说，这么多东西，为什么不打车？

我奶奶继续按自己的思路说，我用一只手刷卡，刷完我的，帮你刷，你拎着东西上车就行。

我爷爷生气了，把塑料袋放到地上，坚决不坐公交车。

我奶奶也生气了，坚决不打车。

我前面说过了，他们从不吵架。所以，爷爷给我打电话，让我去接他们。那天的结果是我拎着四个塑料袋，爷爷拎两个，奶奶的手插在包里，按着她的夕阳红卡，我们一路迎着夕阳走回了家。

他们把刚买回来的东西放进冰箱。我伸出勒红的手掌，提出了一个要求：给我做点儿新鲜的，什么都行。

我奶奶同意了，她把两条无法放进冰箱的冻鱼，用微波炉解冻，为我做了糖醋黄鱼。

有一个早晨，我爷爷问我奶奶，人为什么必须死。我奶奶说，人就该死。他们谁都没问我的看法，好像我还没到理解死的年纪。

植物动物都必须死，人为何要例外呢？假如我这么问爷爷，他会说，人和动植物不同，人是有思想的。

我爷爷的思想是深藏不露的，跟他交往这么多年，我从没见过他思想的影儿。

我奶奶的思想，我多少见识过。她的思想核心，就是人早晚都得死，所以要努力攒钱。

明天我就十八岁了，听说，这是成人的年龄。

我怀疑，我现在什么都怀疑。我怀疑人一过二十五岁，就回旋了。过的日子基本是重复二十五岁以前的。

过了四十岁，估计就只重复自己的愚蠢和错误了。要不是这样，世界怎么会如此荒谬？！

总而言之，这是我的个人看法。也许，我的看法比这世界更荒谬，没关系，反正它只属于我自己。

我觉得，人应该早点死，死晚了，难免后悔。在最好的时光里，生命戛然而止，才是人生真正的辉煌。

　　我最好的时光何时来？会不会它已经过去了？一这么想，我浑身的汗毛都竖起来了，我的脸比我爷爷掉了存折的脸还白，简直就是吸血鬼的脸！

　　活着真不容易，有太多的惊吓。

　　在我对生命做出自己思考的这个晚上，我爷爷给我端来一碗蜂蜜水。他说，大孙子，这是多年的陈蜜，非常甜，你尝尝。

　　十八岁生日的早上，我脑海里出现的第一个思想是：

　　陈蜜的确很甜。人活成陈蜜的可能性，还是有的。

　　但我怀疑，我说过，我现在什么都怀疑，包括陈蜜。

母亲

（三）

母亲有病前，我曾经为他们在我住的小区买了一套一楼的三居。父亲喜欢新鲜事儿，因为母亲坚决拒绝，他的态度也变得模棱两可。房子空在那里一年多，我希望母亲改变主意。

最后一次关于这个房子的谈话，让我改变了主意。

母亲举出三个过去邻居的例子。

过去邻居老张头儿，七十多岁搬家，在新家阳台上浇花，一低头从阳台上栽下去，摔死了。

过去邻居老李太太，搬新家后聋了，不认识自己儿子了。你给她看儿子过去穿军衣的照片，她说，这是我三儿子，但三儿子站到眼前，她问，你是谁，是不是我三儿子的同学？有一天，老李太太出门溜达，到现在还没回来呢。

她讲这些时，我已经笑岔气了，但她继续认真地讲，为了更彻底地说服我。

　　过去的邻居老付，你还记得不？原来是汽车大队长，中心医院的。搬家后，他倒是没死。有一天，他老伴早上没起床，老付就去公园锻炼了，回来看老伴还没起床，一生气，就出去会朋友了。晚上喝醉了回家，看他老伴还躺在床上，更生气了，借着酒劲骂她，你就睡死吧，我这辈子算是倒了大霉，娶你这么懒的娘们。睡吧，睡死你。老付回到自己屋里睡觉了，第二天早上从公园回来……

　　妈，求你了，别讲了，再笑，我肚子就要爆炸了……

　　这都是真事儿，不是我瞎编的。

　　我立即把房子卖了。

　　如果母亲生在英国，在脱口秀方面估计会有不小的前途。

　　傍晚，我给哥哥打电话，让他下班直接过来，顺便买点儿下酒菜。他一进门我就看见他的右眼又红又肿，问他怎么了，他说，还没去看医生，也许是针眼。

　　哥哥从不跟父亲发脾气，虽然对父亲做的事情也不是件件满意。

　　从粉饼到保姆到陈大米，父亲一一道来。哥哥不让我说话，接着，一一回答了父亲的反诘句。

他们的对话给我留下了很深的印象：

父亲说：

你妈都八十多了，就是天天抹粉儿，到死也用不了两个粉饼啊！买一个还不行？！剩下的还能带到棺材里去？！

哥哥说：

带那玩意儿干啥！行了，你说得对，这次买两个就买两个了，下次一个也不买了。行不？

说什么我不让保姆做菜，要是能吃三个菜，我为啥不让保姆做？！关键是吃不了，做两个菜也吃不了，现在连一个菜也吃不了！是我抠门儿，舍不得钱吗？！

那肯定不是。你舍不得给自己花，给我妈，你肯定舍得。

哥哥说完这句话，父亲有些不好意思，没接话。

父亲舍不得花钱，是一视同仁的。

以后让保姆少做，还是做三个菜。不行，你再喝点儿酒。三个菜你们三个人，少做，怎么也吃完了。

我把几样下酒菜用盘子端上来，摆到茶几上，替他们打开啤酒。

你看，咱俩喝酒还有四个菜呢。哥哥说完举杯，父亲看我一眼，我说我不喝。他们干了杯中酒。

剩下最后一件事——陈大米。他说，谁家不是先吃陈米，后吃新鲜大米？！

老太太不是有病,想吃点儿新米嘛。我知道你仔细①怕浪费,我把陈米拿我家吃去,你们吃新米,你看行不?

父亲终于释怀。我希望,他问问哥哥的眼睛。但他开始了另一个话题。

你带你妈再去检查检查。他对我说。

检查什么?

我怀疑她不是癌症,不是胃癌。

你什么意思?

咱这院里有两个癌症,一个胃癌一个肺癌,发现得都比你妈早,都死了。

你觉得我妈还活着,是个问题吗?

不是,你没听懂我的话,我的意思是,你妈不是癌症。

那不更好吗! 就更不用检查了。

你怎么听不懂我的话? 父亲又开始着急。哥哥立刻把话头接过去。他冲着我替父亲解释。

咱爸的意思,再查查,再确确诊。大夫说咱妈最多能活半年,现在都一年多了。你明白爸的意思了吗?

我点点头,第一次觉得荒诞很亲切。

_____

① 东北话,节省的意思。

接着，父亲描绘了他的无法安眠的夜晚，如何被肚子里的气憋醒，不能排气，不能打嗝也不能排便……他夜里起来打开塞露，他用一只手比画那些粪球的大小，用另一只手形容它们表面的凹凸。他说不出它们的颜色，他说，你说是羊粪蛋儿，还没那么绿；你说牛粪蛋儿，还没那么深，也没那么软。

我想起舅舅和一个朋友的父亲，他们的日记里都描写自己的粪便；还有另一个外国朋友，她的婆婆九十多岁高龄，一见到客人就谈到自己的粪便，她曾经是著名的女法官。

晚年跟粪便的关系如此紧密，是我至今无法想象的。

爸，你吃的药太多，把你肚子里的菌群弄乱套了，所以你才会便秘。

跟那有什么关系。我吃的那些药，各有各的用处。

你一天吃十来种药，西药中药营养药……

你要是真关心我，就给我找一种药，吃了能让我放屁，让我拉屎……

我和父亲友好地争论几句。这时，他才想起来问儿子，他的眼睛怎么了。

在我们坐了两个多小时以后……

第二天，我上班的路上，母亲给我打电话，她决定不搬到我家了。

你爸道歉了。她说完放了电话。

如今，父母去世三年多了。回忆中，对他们晚年表现出的不可理喻甚至荒谬，我渐渐有了新的认识。

当我不能理解这些时，曾经尝试，说服父母听我的，觉得自己还年轻，脑子还没糊涂。但他们并不买账。之后，我把自己的忍受想成了一种宽容。

假如我真的没糊涂，真的懂什么是宽容，应该朝他们走过去，说服自己听他们的。假如我走了过去，会发现理性与否，对错与否，对他们最后的时日并不重要；重要的是，我只有走近他们，才能送他们安心地走。

……说这些，对我，对故去的父母，怎样都太晚了……

他们独自面对了临死的孤寂和恐惧，我没有陪伴他们。

我陪伴的是他们死亡涉及的事情。……医院，医生，护士，护工，吊瓶，输血，饭菜，保姆……这些事情淹没了我们。

他们与我的死别，发生在他们躯体死亡之前。

"光阴使一切变得卑贱、破败、满是缺陷。霍华德，人生的悲剧不在于美丽事物的夭亡，而在于变老、变得下贱。这种事不会发生在我身上。再见，霍华德。"

　　这是钱德勒小说中，某个人物的遗书。

　　不知道霍华德是否已经知道，防止光阴四处留下缺陷、破败，有多难！

别人的故事:

古老的小姑娘

——选自N的札记

从我姥姥八十五岁开始,每周我选一个好天儿,推她去公园,一晃五年了。

我上瘾了似的。

坐在轮椅上的姥姥微笑看着过往的人,像看盛开的花儿。她选中什么人,便挥手命令我把她推近那个人。

"哎呀,是你啊,好几年没看见你了,你多大岁数了?"

姥姥对一个年轻些的老太太说。

老太太看着姥姥,不知道说什么好。

"你不认识我了,我是柳王氏,住在一楼。"

老太太傻傻地看着姥姥,仿佛掉进了记忆的陷阱。

"难怪你不认识我了,我们可有二十多年没见了。你今年多大岁数了?"

"我七十五了。"

老太太终于可以说点什么了。

"七十五了？你这身体可真好，七十五还能走，多好。你看我才八十，走路就费劲了，屋里走走还行。"

老太太怀疑地看看我，我向她做出九十的手势。

"人家说你九十了，看你也不像八十。"

"你老头挺好啊？"

姥姥转移话题。

"啥老头啊，早死了。"

"死了？"姥姥先是质问，随后惋惜，"你老头可是好人。"

"啥？你认识我老头儿？"

"咋不认识，过去总在一块儿玩牌。"

"你这老太太净说胡话！我老头儿从来不玩牌。"

老太太生气，走了。

姥姥对那个老太太的背影说：

"这个大傻子！"

公园里有很多丁香树，开花时很香，来看的人也很多。人多时，姥姥有些紧张，但心情不受影响，兴高采烈的。

"哎，你不是小东子吗？"

姥姥前倾身子，伸出一只手，指着走近的一个小伙子。他对姥姥笑，没有回答，显然他不叫小东子。

"你妈怎么样？"

"挺好的。"

小伙子一只手搭在姥姥轮椅的扶手上，亲切地回答，好像他们已经认识很久了。

"你妈有七十了吧？"

"我姥还没七十呢。"

"那你妈有六十了吧？"

"我妈只有四十多。"

"真年轻！"姥姥由衷地发出慨叹，"年轻多好啊，你说是不是，小伙子？"

"年轻不好，像你这样才好呢。"

"你喜欢坐车，是不？"

"我不喜欢上学。"

"哈哈哈，我和你一样，也不喜欢上学。我从来没上过学。"

"你没上过学，咋知道不喜欢呢？"

姥姥被问住了。她难过地看着小伙子，然后回头看我。我告诉她，只有对做过的事情，才能说喜欢或者不喜欢。

"你喜欢死不？"

姥姥问小伙子，小伙子狂笑起来。趁他还没直起腰，姥姥对我摆手，朝一个中年男人奔过去……

姥姥不是对每个人都打招呼，她的"挑选"，毫无规律可循，仿佛他们是姥姥前世的熟人儿。

"姥，你是真糊涂，还是装糊涂……"

　　"我才不糊涂呢。你靠边儿，过来的这个小媳妇，我得跟她说说话，她前年有病差点儿死了……"

　　一个雪天儿，姥姥坐在窗前看雪。晚饭前，她让妈妈给她剪头。她从床铺底下拿出一页杂志，上面是一个梳三齐头的穿校服的小姑娘。姥姥的头发雪白，软而密实。剪出三齐头的姥姥，像日本动画片里的人。白色的刘海儿，白色的弯眉毛，白嫩的脸庞，原先的几处细皱纹，似乎都绽开了……姥姥看着我和妈妈，又像是没看见。姥姥独自照着镜子，嘴角一直含着羞涩的微笑。

　　我想，认识姥爷时，她一定是这样笑的。

　　那以后，姥姥再没出门。每次我要推她去公园，她都说，天气不好，不出去。即使是风和日丽的好天气，她也不改口。姥姥的三齐头还没长到需要再剪的时候，她去世了。

　　她最后的样子，有一天，一定会出现在某一个动画片里。她就是那个古老的小姑娘。

别人的故事：

坚硬的瘤

有一天，爷爷问孙子。

孩子，告诉爷爷，癌症是什么？

爷爷，书上说，癌症，在古希腊的时候，叫坚硬的瘤。那时候的医生已经知道，这种坚硬的瘤会让人丧命。后来拉丁文把这个名字延续下来，就是你现在床头卡片上写的这个名字cancer。

这么早就有癌症了？它到底是个什么东西呢？

爷爷，癌是一种细胞，和你身体里的其他正常细胞不一样。正常细胞像人一样，发育成熟死亡，最后被新的细胞取代，完成分化。癌细胞是个叛逆，它们不长大，不成熟，所以也不死亡。

它可挺聪明！

是的，爷爷，所以它才存在这么多年。

但是，在我身上的这些癌细胞，能不能继续存在，取决我愿不愿意活着，对不对，孩子？

对了，爷爷。癌细胞永远不是真正的胜利者，当它杀死受

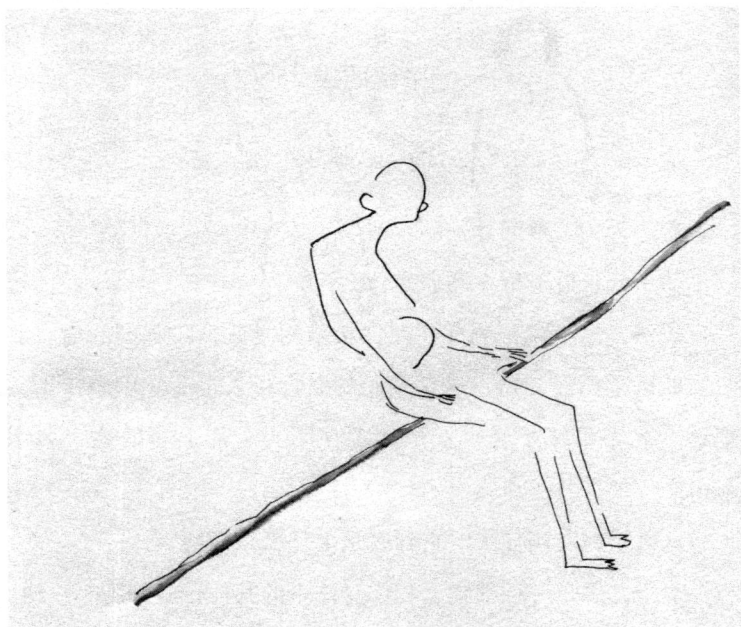

害者时，也就等于自杀。所以，医学认为，癌症诞生便带着死亡的愿望。

敢死队的。

是的，爷爷，那你现在想怎么办？

孩子，得病以后，爷爷的感觉从来没这么好过。快死的时候，还能打败敢死队的癌症，再当一次英雄。

是的，爷爷，但和你抗美援朝那次当英雄不一样了。

这个爷爷懂，但我要打败癌症！

那你得先打死自己。

放心，孩子，爷爷自有办法。我必须打败癌症！

那以后的每一天，孙子都在为爷爷担心。他担心爷爷输给癌症……

别人的故事：

哈布和萨尔

哈布先生的最后一位女友萨尔太太，是他八十一岁时认识的。如今，他们已经认识五年了，依然用"您"称呼彼此。

哈布吗？我是萨尔。

您好，萨尔太太，您今天过得好吗？

我挺好，您哪？

我也挺好。今天下雨，我腿疼，没出门。

这就对了，在家待着安全。我也没出门。

好的，祝您晚安，萨尔太太。

晚安，哈布先生。

他们每天通电话，有时一起喝咖啡说的也是同样的话。假如他们一起吃饭，话就会多些，嘴里吃的东西，总会让他们想起吃过的别的东西，对比地谈一谈，饭好像也更好吃了。

我们在挪威吃过这样的烤鱼……

萨尔先生当年在挪威干什么？

他是雪茄商人。

哦，对，您跟我说过，对不起，我忘了。

渐渐地，他们忘记的事情比记住的多，就像过去比未来长了一样。他们从不谈论未来，只谈论过去，因为过去是长长的，没有尽头的。

你们是怎么认识的？哈布的孙子问他。

谁是怎么认识的？

你和萨尔太太。

我忘了。

你和姥姥怎么认识的，也忘了？

那怎么能忘。那时，我才十八岁，战争刚结束，我们在酒馆里跳舞认识的。

你和萨尔太太认识，不是十八岁，是八十一岁。

谁说我是八十一岁认识她的？

萨尔太太说的，她跟你同岁。

哦，管它哪，我可记不住这些了。

我一直喜欢提出很多简单的问题，小时候这样，现在依然这样。简单的问题需要简单地回答。凡是简单的，都是让人高兴的。

你和我姥爷是怎么认识的？

我们是八十一岁时认识的。

我知道，是怎么认识的？

怎么认识的？就这么认识了……我忘了。我得问问你姥爷。

哈布先生，我们是怎么认识的，这个年轻人想知道呢。

我忘了。好像是您来找我，就认识了。

哈布先生，是您先来找我的，我请您喝咖啡，然后认识的。

管它哪，反正我们认识了。

是的。我们是八十一岁认识的。

哈布先生和萨尔太太每个星期见一次面，他们住的地方，相隔三条街，按他们的走路速度，需要二十分钟，包括坐在推车上的休息时间。后来萨尔太太摔断了腿，她女儿把她送进了养老院。哈布先生便再也没见过萨尔太太。

你想念萨尔太太吗？

为什么要想念？

你们好久没见面了。

谁说的，我们天天打电话。现在几点了？

七点。

再过半个小时，我就给她打电话了，看完新闻，我们就通话。

通电话和见面一样吗？

怎么不一样？我们见面和通话说的都是一样的话，没有区别。

我……

昨天，萨尔太太还告诉我，她看见萨尔先生了。

在哪里？

她没说，管它哪，在屋里还是在梦里，有什么区别，反正萨尔是萨尔太太的丈夫。

你也看见我姥姥了？

为什么要看见你姥姥，你姥姥早就死了。

萨尔先生也死了。

管它哪，我又不认识萨尔先生，管它哪！

萨尔太太去世了。

哈布先生每天晚上七点半给养老院打电话，找萨尔太太。这就是我写这个故事的由来，养老院的人让我们家人制止哈布先生的叨扰。

我和母亲都担心，不让姥爷打电话，恐怕他也活不长了。当我们在一个咖啡馆里议论这件事情时，旁边的一位老太太对我们说：

我可以帮你们这个忙。你们可以把我的电话号码给哈布先生，就说是新号码。我每天晚上都在家，看完新闻也没什么事，接个电话，与哈布先生聊聊天，我很高兴。

您贵姓？

我也姓萨尔。我丈夫叫耶格·萨尔，他是一个雪茄商人，六十年前的今天，我们就是在这个咖啡馆认识的，一晃，他已经死了三十二年了。

母亲

（四）

罗兰·巴特说过一句话，大意是摆脱危机最好的工作是写作。

父母都生病时，为了防止自己也病倒，我每天抽两个小时写小说，缓解身心的沉重。小说被我写得十分沉重，虽然缓解了现实的沉重，但杂志社并不买账，我只好把里面的小故事讲给母亲听。

我给她讲的第一个故事，是从朋友那里听来后写的。母亲的反应像是给小说加了另一个尾声，令我很安慰。

有一个病重的母亲，在一个阳光灿烂的早晨，从昏迷中苏醒，她拉着女儿的手说：你一定要帮我找到……我当年的初恋……他姓沈，是话剧团的编剧，个子很高，很瘦，但很有气力……

54

女儿答应了,决定去剧团租个老头儿,扮演母亲的初恋情人。还没等女儿去办这件事,病中的母亲又昏迷了。

母亲再次苏醒过来时,窗外电闪雷鸣,她又握住女儿的手:下次你来,一定要给我带奶油泡芙。连阴天,我的关节好疼,不吃奶油泡芙,会疼死我。

雨点儿敲着窗玻璃,发出空旷的声音。

下这么大的雨,奶油泡芙和初恋情人,我只能带来一样。你选吧。

病重的母亲想了想,一声雷鸣过后,她做出了决定:

奶油泡芙!

听完故事,妈妈一声不响地看着我,仿佛在等待另一个雷鸣。过一会儿问我:奶油泡芙是什么东西?

是一种点心。我说,发面烤制的,中间夹着奶油,一咬,奶油有时候会流到手上……

真难吃。妈妈说。

第二个故事

在红旗路公园附近,有一个男人又瘦又小,穿着环卫工人的黄马甲,在扫大街。他带着一顶遮阳的大草帽,像一把扫帚一个垃圾篓一条大街一样,变成清扫的一部分。他的背弯了,像一个移动的包裹，人们看不见他。

一个高大漂亮的女人，一边走一边吃鸡蛋，一边吃鸡蛋一边把熟鸡蛋皮扔在大街上，高跟鞋像小锤儿一样敲着地面。

他提醒这个女人不要乱扔垃圾。

熟鸡蛋皮儿不是垃圾。女人说。

你要是不扔，它就不是垃圾，还能补钙。他说。

哎哟，让你扫大街，白瞎人才了。我家孩子他大爷就是人事厅的，用不用给你换个岗位？

他不再搭腔，弯腰去扫蛋皮儿。蛋皮儿嵌进石砖儿的缝里，很难扫起来。

一个臭扫大街的，你应该感谢我，我要是不扔垃圾，你上哪儿领工资去？

他抬起头，想说什么，最后什么也没说。背弯了的人，很难理直气壮呢。

那个女人骂他，骂他的祖宗，骂他的子孙……说不定现在还在那里骂着呢……

听完故事，妈妈说，你年纪也不小了，应该买把枪。钱够不？不够，我有。

我笑个不停。在这个疯狂的世界上，有把枪的念头也是一种发疯。有人说，发疯就像哨兵死在哨位上，负的也是一种责任呢。

　　母亲的幽默一直陪伴她走到生命的尽头。

　　她因此活出了医生的预言，从发病到去世，几乎平静地活了两年多，真正无法忍受的疼痛和恶心，仅仅在她临终的前几天才出现。没有手术和放化疗，除了偶尔补充人体白蛋白，几次抽肚子里的腹水，基本没有大的治疗。她第二次住院时，大夫看见还活着的她，相当吃惊。他们咽进肚子里的话，母亲似乎听见了。她笑着看他们的目光绝对是讥讽的。类似的片刻里，我总是怀疑，母亲早就知道自己的病情。

　　2012 年的冬天，雪很多。经常是清晨白雪皑皑，晚上回家脏雪遍地。心情在白雪和脏雪间摇晃。父亲被诊断为肺癌晚期后，一直在医院里。过年前，母亲的病情有恶化，也住进了医院。

　　母亲住一楼的消化科病房，父亲住五楼的肿瘤科病房，都处在病危状态下。

　　安顿之后，每天穿梭在两个病房间，电梯里调整自己的心情，以适应病中父母不同的心态。一天中午，看着阳光下的一点点融化的积雪，希望仿佛也在融化。我想带着他们回家，在家里等死。

父亲在挣扎。

他对所有治疗失去信心后，仍在求生。他恢复了他愤怒拔掉的滴流。各种冰冷的药水，从他的静脉注入，从老的针眼里流出。没有人制止这些的发生，这个世界已经抛弃了他，包括他的亲人，包括我。

尊重病人的个人意愿！言外之意，是病人自己希望治疗的。

这不仅是大夫的，也是所有相关之人放弃他的借口，安慰自己的借口。这尊重脏过街上的脏雪。

我无法对父亲开口，说出出院回家的建议。晚上，踏着泥泞的脏雪回家时，已经心如冰封。

绝望迅速建立的宁静，使人可以与一切悲惨苦难相安。这连认命都算不上，仿佛那命，根本不值得一认。

别人的故事：

在麦子上

很久以前的一个中午，一战的硝烟还未散尽，在德国威斯法伦地区的燕麦田里，小姑娘安娜的金发在秋天的麦田上飘飞。她一边跑一边喊，姥爷，姥爷，吃饭了。

炎热的太阳在安娜的金发上闪闪发光，照耀着秋天的麦田。

姥爷古斯塔夫站在田间的垄沟旁擦汗，另一只手挂着大镰刀，身后是他刚刚割倒的麦秆。麦穗还在呼吸，柔软地起伏着。古斯塔夫抬头看一眼又圆又大的太阳，有些头晕。水壶里的水也喝完了，他听见了安娜的喊声，却坐在了麦穗上。

他不是安娜的亲姥爷，安娜的亲姥爷亚历山大去打仗，死在了法国。安娜更喜欢第二个姥爷古斯塔夫，他什么农活都会做，从不大声叫喊，他总把好吃的东西留给安娜，总是微笑地听安娜说话，不管她说的是什么。

姥爷，姥爷，吃饭了。

好的，好的，我的小宝贝儿，姥爷累了，先坐这儿歇一歇。

安娜坐在姥爷旁边，姥爷搂着安娜的小肩膀，他们一起看

59

葱郁的远山，看远山更远处的浮云围坐在太阳身边。

姥爷，亚历山大姥爷是埋在那个山上吗？

是的。安娜，可惜，埋在那里的只是他的帽子。

他的身体呢？

他的身体被大炮送上了天堂。

浅灰色的云朵向西游走，像是听完了太阳的故事，要避开它的炎热。后来的一朵云遮住了太阳，远山的绿色随着黯淡下来，农家的炊烟穿过麦田传到鼻子里……安娜肚子更饿了。

姥爷，姥爷，我们回家吃饭吧？

好的，宝贝儿，我们躺下休息一小会儿，就回家，好不好？

好的，姥爷，我们躺下休息一小会儿。

他们倒在麦捆上……

姥爷古斯塔夫侧着身子，搂着胸前的小安娜，很快睡着了。

一根细细的麦苗触到了安娜的鼻子，她打了一个喷嚏，姥爷笑着醒过来，拍拍安娜，又睡了。

安娜看着刚刚割过的麦茬儿，一模一样的茬口，变成无数个小管子，放出黑土地的潮湿热气……在土地好闻的味道里，安娜也睡着了。

所有的云都走远了，太阳更加火热，晒得安娜小鼻尖沁出一层细汗。她的红嘴唇噘着，眉头微敛，被汗水浸湿的金发盖住了她的耳朵……这时，一朵更大更重的云，正朝这里飘过来……

安娜在妈妈的怀抱里醒过来。她用手抹抹脸上的汗水，肚子饿极了。

妈妈，我饿了。

好的，好的，妈妈知道你饿了。

安娜看见姥爷古斯塔夫还睡在麦穗上，跑过去要推醒姥爷。

姥爷，姥爷，吃饭了。

妈妈把安娜拉过来，搂在怀里。妈妈对安娜说，让姥爷继续睡吧。

安娜的妈妈爸爸拉着安娜，穿过还没收割完的燕麦田，朝家走去……

姥爷为什么不跟我们回来？

姥爷死了。

安娜站住，看见妈妈在哭，她便一个人跑回家了。她一边跑一边想亚历山大姥爷的帽子，想那个山坡，想麦穗上睡觉的古斯塔夫姥爷……跑着，想着，安娜更饿了。

午饭已经凉了，姥姥还在等着……

安娜不知道该说什么，扑进姥姥的怀里，哭了好久，越哭越饿。

古斯塔夫姥爷戴着帽子被埋到绿山坡上的那天，安娜没有哭。她看着人们把装着古斯塔夫姥爷的棺材沉到坑里，再把他埋上。安娜看着看着，看着他们埋好了姥爷，在他的坟墓上种上了花儿。

　　安娜的后背仍是暖融融的，姥爷还在那里搂着她呢。

　　森林里来的风仿佛在耳边轻轻地说了什么，安娜笑了，她想，有两个古斯塔夫姥爷，一个在坟墓里，一个就在她身后！

　　美丽的小安娜自己变成姥姥时，还在对她的外孙女讲这个故事。她说，每个孩子都有很多个姥爷，只有一个会在坟墓里。

别人的故事：

带冰的微笑

昆侬先生四十五岁，住院已经十五天了，病情在恶化中，好在他和大夫都没抱过病情好转的希望。

这些天里，昆侬先生好像在等什么，又好像没等什么。

他对大夫说，他要回家时，托马斯大夫恍然的同时又起了疑惑。

您家里有人吗？托马斯大夫问他。

他住院期间，从未有人来看望过他。

我妻子在家。

哦……好的，我安排一下，您希望什么时间回去？

后天？

好的。

还有一件事，麻烦您。病人说。我姐姐在这个医院工作，您能帮我联系一下吗？也许她有空儿过来一趟。她叫爱娃·昆侬。

大夫吃惊地看着他的病人。他认识昆侬大夫。

我们好久没联系了……

病人平静地说。大夫也平静下来了。他走回自己办公室的路上，甚至有些惭愧——这个要死的病人比他还平静呢。

昆侬大夫拜访了弟弟，在他出院的前一天里。她在病人的房间里待了一个下午，出来时眼睛红红的。她找到弟弟的主治医生托马斯大夫，仔细问了病人第二天回家的各种安排。最后她想了想，说：

我和弟弟之间其实并没有什么矛盾。

托马斯哦了一声，情不自禁地去想象，昆侬大夫弟媳妇的样子。

救护车拉着病人，穿过城市的喧嚣，耐心地等待每一个红灯。救护员开得不快，也许想借此表达一份对垂死病人的同情。也许，在他的想象中，垂死之人仍然有心情，看一眼生活过的城市。

经过一个有工地的路段，一排车道，双向通行。他们在一个专卖咖啡的商店门口等待红灯时，司机摇下一点儿车窗，让咖啡的香气和苹果派的肉桂香气飘进来。

真好闻。病人说。

未必好吃。司机这么说，估计还是因为同情。也许，在他的想象中，垂死之人有品尝的胃口，但没了味觉，无论何物进了嘴里，都是病的味道。

车子驶出市区，驶入郊外的别墅区。

假如没有鸟叫，这些掩在森林里各式别墅，有着比坟墓还肃穆的姿态，富贵和死亡，仿佛都是凛然不可侵犯。救护车在一个白色的小房子前停下，司机按过门铃，一边等待一边打量房子。与周边更加威严的大别墅比，这个低矮的白房子多了几分亲切。

司机的同事打开救护车的后门，做着搬运病人的准备。

门铃响过几次，依然没人应答。

司机问病人有没有钥匙。病人示意在衣服口袋里。

司机用钥匙也没打开房门。房门从里面锁上了。这个开了二十多年救护车的德国男人从没见过这样的事情。见鬼的感觉也不过如此吧，这么想时，他看到了门口台阶上的信封。信封用一个鹅卵石压着。

病人笑着读了信。其实，上面只有一句话：

"Und nun blicken sie mich an und lachen,und indem sie lachen, hassen sie mich noch. Es ist Eis in ihrem lachen." [1]

（他们看着我，笑着。他们笑着恨我。在他们的笑容里有冰。）

病人昆侬回到原来的病床上，三天后平静地离世。

---

[1] 选自尼采《查拉图斯特拉如是说》。

在我对这个故事多次回想中，有一次，我的思绪落到了两个词上，它们像两个名章，挂在了德国坚实的胸膛上：足球和哲学。

母亲

（五）

临近春节，父亲的病情因为化疗迅速恶化。我问母亲要不要上楼去看看父亲。

我们都知道，这将是诀别，他们一辈子里的最后一面。

母亲流泪了。

她说，不看了。

第二天，我再建议。

…………

第三天，她终于同意，我用轮椅推她上楼。

轮椅推进病房时，父亲吸着氧气，靠坐在摇起的床上，挂着滴流。

你来干什么！

父亲说完，扭脸哭了。

母亲坐在轮椅上，一只手放在父亲的被角上，另一只手握着手绢擦泪。

你回去吧。

父亲努力平静自己。

我挺好，你回去吧。

母亲说，我再待一会儿。

他们又都哭了。

你回去吧。父亲再说。

我再待会儿。

…………

年后，父亲去世；秋天，母亲去世。

他们的最后一面，是我促成的。

之前，也问过父亲，他也不让我把母亲带来看他。他们都去世后，我多次问过自己，为什么非要让他们见上最后一面。

出生的那声啼哭，多少相似，像是生，对死，打个招呼，说，我来了……

临终的告别，像死对生说再见，千差万别。这最后的人生姿势，宛如简短的人生总结，活的全部都在其中了。

我为什么非要他们见上最后一面？

对此，我仍没找到答案。

送走父母，我重新审视道德，自由，意志，良知……这些概念，新的理解中常常伴随着惊诧。

在死亡变成背景的帷幕前，所有的不真实都随着我们活着，像活的衍生。沉重的死亡大幕徐徐降下时，虚假的先退场了，留下的，光秃的真实，也许根本不是我们想见到的。

我的父母共同生活了五十多年，他们都不想见上最后一面。

又是大雪覆盖的冬天了，思绪萦绕着故去的父母。人与人有的是一世之缘，还是循环往复的无解之缘？也许，更重要的是像那轻盈飘舞的雪花，变成脏雪之前，争取跳完喜欢的曲调……

2012年的秋天，母亲在父亲去世七个月之后，离开人世。她去世后的一年多，我最常见的心情是感到安慰：母亲比大夫预断的多活了两年；这两年里，胃癌病人可能经历的折磨，比如无法进食等，在她身上鲜有发生。母亲喜欢吃好吃的东西，她说，人死了，唯一可以带走的是肚子。她真正不能进食，只是在临终的最后一周里；剧烈的疼痛也在最后三天里……

她的最后一口气，是轻轻消隐的，平滑无痕，仿佛生死也是紧密无间的。正如我在序言里说的那样，她面容上最后的微笑挡住了我的眼泪。

我因为母亲流泪、痛哭，是在后来，当我真的理解母亲之后……

别人的故事：

分手信

我发现自己不够好时，看见了你的不好，所以离开了你。我不想总玩五十步一百步的游戏。

活着已经无聊。

离开你，我也不一定会变好。也许，我根本不想也不能变好，但知道自己不够好，很重要。为了证明我知道了，离开了你。

没有你的世界，我独自一人，也许还是一百步那么长，五十步那么宽，至少多了寂寥。

寂寞，至少是新鲜的。

假如我二十五岁时这么做，你能理解；六十岁还这么做，你相当困惑，居然跟病了能给你端茶倒水的人分开了。可我病的时候，喜欢一个人待着。

在我心目中，你曾经是一个英勇的人。一个可以成为微笑杀手的人……我也是刚刚发现，杀人实际是杀自己。你不能杀人。你具有杀人的潜质，就像你有被杀的偶然性一样。你活得

那么津津有味,我都看傻了。你曾经有过的忧伤,狼狈地消逝了,留下的满脸笑容,让我感到无限的陌生。

我没有权利祝福你,为此我是高兴的。所有的祝福都有嘲弄的弦外之音,因为它有居高临下的姿态,像牧师摸人头顶一般。牧师又是谁?

忘了对错这回事吧!我们已经不知不觉走进无尽的虚无中,我怀疑,死亡都无法完结这虚无的缥缈。里尔克曾说,对错,都会像关上一扇门所发出的响声那样消融……

这不是我们第一次分手,从前的每次我都流过这样或那样的眼泪,最后还是拎着箱子回到了你的身边。今天,我微笑回眸,接着便是更多的笑意,嘴角持续地咧向远方……哦,这笑意,像醇酒,忍不住想说,老了,像无赖……终于可以对一切说,见鬼去吧!老子,活够了,剩下的都是白赚!

……我已经变成这样的女人,完全不值得留恋。假如你懂,算是我给你的礼物。 在我们的历史上,假如有类似的玩意儿,你是我最好的朋友,对你我从没有隐瞒。面对你,我从没有刻意怎样,为此,感谢你。

你曾把自己的生活偷偷放进了我的衣兜,像交付给未来一样。现在终于可以还给你，就像把过去还给过去。

别担心，我在上面仔细地写了你的地址和你的名字。

一切都将到达。

别人的故事：

尚奶奶的童话

尚奶奶有个孙女叫尚宁，已经五十岁了。尚宁一辈子喜欢儿歌，一辈子未婚，至今还梳着长袜子皮皮那样的辫子。她喜欢孩子和老人，因为他们都是童话里的人。她虽没结婚，但是，她有老人。她和父亲和奶奶住在一套很大的房子里。她总是很高兴，虽然她也遇上那些让别人不高兴的事情。

尚奶奶过去是大户人家的小姐，九十一岁了，腰杆儿还是直的。

她说，没当过穷人，不用哈腰！

她还穿三十七码的老北京布鞋，吃老北京的稻香村牛舌饼，偶尔吃两天枣糕。尚宁说，她拉出的大便像婴儿屎。去年，春天到处生发绿芽时，尚奶奶长出了黑发，在后脑勺上。

尚奶奶看电视，但不喜欢。看完电视，她说，电视里的人真多，从右边进去，从左边出去。

电视里的人为什么总开会？

各个朝代的人都挤在那么一个小匣子里开会，空气多不好！

尚奶奶说话的口气只有两种，问号和感叹号。

有一天，尚奶奶慌了，指着新闻联播的张宏民，对尚宁说，这个男的，对我笑，为什么？

您别多想！

一开始，我没想，这半个多月，他老对我笑！

您千万千万别多想！

那个戴眼镜的，他就不笑！这个老对我笑的，你们得想想办法！

他对谁都笑。播音员都这样！

播音员这样，国家不管吗？

国家希望他们笑！

尚奶奶瞪圆眼睛看着尚宁。

所以他们也对您笑！

尚奶奶无法理解国家的事，因为小姐出身，她毕生致力避免尴尬。从此，她不看电视，改成望天儿。

蓝天白云，太阳星辰，闪电雷鸣……尚奶奶觉得望天儿比看电视有意思。

又有一天，尚奶奶高兴地对尚宁说，我看见他们了！

谁？

来接我的人！

去哪儿？

天上！

尚奶奶说完蔑视地瞥了一眼尚宁！

几年前，她开始认为尚宁是邻居家的女儿，有事要孙女做时，总说麻烦你，谢谢等，有时也认真地蔑视她。

尚奶奶看见天上来了天车神马，带着彩绫飘带，一会儿飞过去一个，一会儿又飞过去一个，五光十色，颜色鲜亮。看上去，要接走的人不只她一个。住在那个楼里别的老太太也说看见了天车神马，像是一个集体行动。

麻烦你，去告诉我儿子一声，让他们做准备，我要走了！

尚宁也亲眼看见了那些天车神马，是广告飞船。她嘱咐爸爸别向奶奶揭穿这件事。爸爸忙着打麻将，满口答应。

尚宁的妈妈去世多年，尚宁的爸爸找了一个新老伴儿，尚宁管她叫吴姨。尚宁很喜欢吴姨，因为她也是一个老太太。

有一天，吴姨对尚宁说，你爸爸买了一个洗脚盆。

尚宁说，好啊。

吴姨说，一万八千块。

尚宁从来没见过一万八千块的洗脚盆，赶紧过去参观。那个洗脚盆，没镀金银也没有高科技，跟她家几百块的洗脚盆没有多大区别。

那个推销员认你爸做了干爹。

这是另外一件事，跟洗脚盆没关系！

尚宁的爸爸是尚奶奶的儿子，所以也喜欢用感叹号表达情感。他认为推销员小李是个少见的好青年，见多识广，谦恭有礼。他愿意认他做干儿子，有这样的干儿子，是他的福气！

尚宁为她爸爸找到这么好的干儿子高兴，建议他继续跟干儿子交往，但可以请干儿子帮他把一万八的洗脚盆退掉，买一个八百块左右的洗脚盆。

尚宁的温和继承母亲，宛如一块结实的盾牌，是尚宁爸爸愤怒之矛永远无法刺穿的。

你们什么都不懂！

尚宁的爸爸大喊大叫，举起洗脚盆砸到墙上。隔壁的尚奶奶听见之后，断定来接她的人到了。她沉着地换上自己一直放在床头的装老①衣服，躺在床上，双手放到腹部，闭上双眼，然后轻声地说：

进来吧。

尚奶奶就这样死了。毕竟年事已高，穿上了装老衣服，忘了装老鞋，装老帽。

---

① 预先为死时准备的衣著。

死去时，她的面容娇好，细嫩。

尚宁对我说，看上去，不像是死去，倒像是出生。

也许，这两件事同时完成了。我说。

母亲

（六）

妈妈，你还记得吗

你送给我的那顶草帽

很久以前，失落了

它飘向浓雾的山峦

哦，妈妈，你可知道

那顶草帽，它现在何方……

　　我一直都无法理解：每次——无论什么场合——我听到这首歌，眼睛立刻湿润。

　　母亲去世三年后的一个傍晚，我在柏林的一条寂静的小街上，坐在熄火的车里，反复听这首歌。天边是昨天的满月，落在棉絮般的云朵上，月光在灰色云海上更显皎洁，心情忽然混乱起来，正在升起的空虚携带着浓重的旧日光阴，一下子把我推进熟悉的绝望中，我却没有哭。

这绝望如深渊中持续的窒息，是我熟悉的感觉。那天，我没有反抗。松开了安全带，倒向座椅……《草帽歌》还在继续……我没有流泪。

我仿佛松开了什么，仿佛把一切交给了痛苦，任凭它蹂躏……一阵心悸之后的寂静中，我仿佛又活了过来……这时，我想到了母亲。

我现在是一个没有母亲的母亲。

我忽然明白，为什么这首歌总能唱哭我！

因为它唱的是缺憾。母亲的离世也埋葬了她和我之间的缺憾。没有缺憾，所以不再有眼泪；心却没有丝毫解脱，绝望被夯得更实了。

这意味着，今生今世与母亲的交往到此为止。

从我记事到母亲去世的五十多年里，我对母亲做过许多错事，但我从未道过歉。我有道歉的心情甚至渴望，但话说不出口。我跟她说别的事，或者给她买东西等等，代替道歉。

记得小时候一次跟她争吵，她气哭了，一边哭一边对我说，你怎么从来就不能服个软儿，道个歉？！我也哭了，仅此而已。

我的潜意识也许比我更早了解了这缺憾，但它无法支配我的行为，这也许就是原因所在：我一遇到外在的引发，泪水上涌。日本电影《人证》中的那个混血的黑孩子，无法拥有母亲的爱，与我无法拉近与母亲的距离，都是一样的缺憾。

这缺憾会一直持续到一方离世……

妈妈，只有那顶草帽

是我真爱的无价之宝

就像你给我的生命

它却飘落了，无人知晓……

我不知道，不再为《草帽歌》流泪的来日里，心灵还会有怎样的发生；假如缺憾干涸，像结疤的伤口，又会有怎样的生发？

人们谈起父母对自己的教育，包括很多男人回忆他们被打，都很令我羡慕。我对来自父母的教育没有明晰的记忆。我很少说话，也不惹祸，他们几乎不太知道我在想什么。他们吵架时，面对我的注视，他们似乎也很不安。

你爸妈的生活相当没有条理，缺少章法……

照看我的大爷有时评论一下我父母，我总是对大爷点头，表示认同，但从来没向父母转达过。回到家里，父亲很少在家，我几乎总是跟母亲一起。她对我的"教育"，现在回头想，仍是特殊的。

她从来没嘱咐过我，好好学习，听话之类的，她最多的叮嘱是多穿点儿衣服，这叮嘱一直延续到她的临终。

小时候，好多女孩儿喜欢编织，我也想试试，母亲禁止。她说，别把眼睛弄坏了。

进入青春期，女孩儿开始张罗戴胸罩，我问母亲，我是不是也应该戴，她看看我的平胸，说，不用。我的第一个胸罩是自己买的，偷偷戴的。

小时候，母亲只给我买皮凉鞋。我希望有双塑料凉鞋，可以蹚水。她说，就是不让你蹚水，才买皮凉鞋的。和她让我多穿衣服一样，她对我最明确的教育是别着凉。我步入中年后，开始了解中医，了解自己的寒性体质，了解这体质遗传自母亲……恍然中慨叹生活的精准。

她告诉我，不要买便宜货，便宜没好货。

她从来不用我做家务事，有时我主动做了什么，每次她都说，谁让你干的，没必要。

除此之外，她经常领我看电影。70 年代末开始引进很多外国电影，有时我们看通宵。无论看什么电影，无论去电影院还是回家的路上，母亲很少跟我谈论电影，除了好或者不好的简单评价。她从不利用电影的情节，对我进行各种可能的教育；

好像她坚信，我自己可以独立接受电影的"教育"。

电影教会了我憧憬。

我很喜欢跟母亲一起看电影，包括我成年后。可惜，她晚年不再去电影院，她说，累。我与她一起看的最后一部电影是她有病坐轮椅后，我推她去电影院。本想看一部美国片，记错了时间，看了《将爱进行到底》。等电梯时，她对我说：李亚鹏老了。

（七）

我不了解母亲。

母亲了解我。

换个说法，我对母亲的了解不如她对我的了解。

十七岁，我考上一个大学的工业经济系，我决定复读，争取考上自己喜欢的中文系。母亲说，你自己想好。

十九岁，一个比我大十岁，即将结婚的男人看上了我，母亲说，你自己想好。

二十二岁，我要去西藏，投奔这个男人。母亲什么都没说，哭了。

二十四岁，我生了十斤重的儿子，母亲刚刚退休，帮我带了六年孩子。

二十八岁，离婚。母亲说，别着急再找。

三十三岁，再婚。母亲说，他比你年岁大，实际上可比你年轻，凡事你是靠不上他的，你想好。

四十岁，离婚，从北京返回沈阳工作。母亲说，别太拼了，钱够花就行了，不要总想挣钱。

……回到沈阳之前，每次回家，父亲总是提醒我去看这个朋友那个朋友……

每次母亲都说，别听你爸的！好好歇歇……

这缺憾中的最底层，系着我的心结：我从未努力去了解母亲！

小时候，不懂；长大以后，我觉得自己比母亲聪明，当然了解她。母亲从未对我做过的事情，教导我怎样生活，我却对她做了。她老了以后，我甚至为此与她争吵……我告诉她，不应该怎样怎样，要怎样怎样！

她忍受了，直到我为他们买了新房子，希望他们搬家。母亲抵抗了，她让我明白，搬家也许会要了老人的性命……我不得不放弃……

我刚刚明白：我的自由，我自由的生活，不是我理所当然应该有的。不是风带给我的，不是事业的奖励，是母亲给我的。从小到大，这赠予里有母亲的品质和付出。我远在雪山脚下，远在异国他乡的生活，母亲付出了孤独的代价！她永远说，我们都好，不要惦记！她一次也没说过，她希望我能在她的城市，在她的近处……一次也没说过。

一个给了我自由的母亲，我却没学会尊重她的自由。

妈妈，我再也不会听《草帽歌》，永远不会再听。我不能用流泪表达我的歉意。一切都太晚了，从你的死到我的死，我还能为这歉意做什么哪？！

妈妈，只有那顶草帽
是我真爱的无价之宝
就像你给我的生命
它却飘落了，无人知晓……

母亲去世第四个年头了。时光流逝中，我对母亲的怀念没有逐渐减弱，相反却是与日俱增的。生平头一次，我被时光倒流这样的臆想感动。假如时光真的能倒流……刚这么想，泪水便落下了。

我非常爱我的母亲。

这感情像一只无处落脚的小鸟，永远飞在无际的浩渺中，不再有归宿。

　　人生残酷！

别人的故事：

王禾的憨笑

王禾的母亲八十八岁，父亲八十六岁，王禾五十七岁。除去大学四年住校，王禾一直和父母住在一个屋檐下，至今已经五十三年。

王禾小时候是姥姥照顾的。她四十岁不到便开始照顾患病的姥姥，一直到姥姥去世。五十岁以后，开始照顾父母。

他们住在一套四居室的房子里，有个宽大的落地窗，窗前对放两个舒适的木扶手的单人沙发。沙发旁是两辆一模一样的电动轮椅。

王禾的母亲双手擎着报纸，低头阅读；王禾父亲的报纸夹在乐谱架上，他扭头斜眼儿看报纸，保持着中风患者的身份象征。他们曾经共同领导过一份发行过八十万的杂志。那时，陈印在他们手下当编辑，他从未喜欢过这对领导夫妻，但他喜欢他们的女儿王禾。

陈印和王禾是大学同学，只不过，陈印对王禾的喜欢是可变且可疑的，至今，王禾仍然独身，陈印已经第二次离婚了。

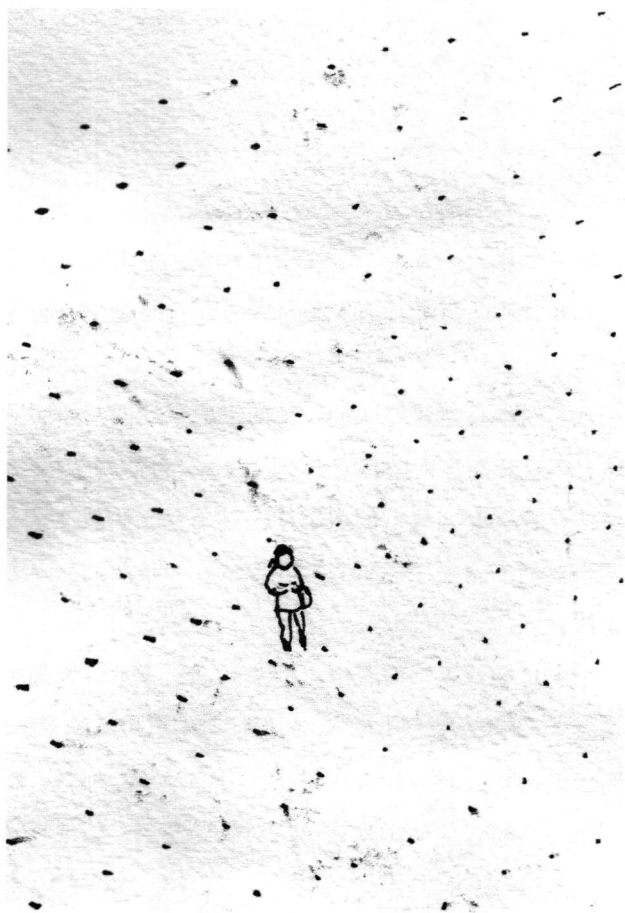

岁月没在王禾身上留下明显的改变，除了她的齐耳短发，有些花白，王禾仍然是一个丰满的妇人。她的这副样子跟着她从青春走进晚年；她的今天复制她的昨天。她几乎没有皱纹，像一个从未绽放的花苞，紧紧地裹着自己；防止了枯萎……却从花苞里面直接衰老了。除了王禾，陈印再没见过这样的女人，从里往外老，怎样高寿，都像是从青春直接死去一般。她们的青春因此从来不曾艳丽，不曾昂扬。

王禾父母的电动轮椅被王禾擦得锃亮，半米开外，横放一张餐桌，只配了一把餐椅。

王禾把做好的饭一一端上，摆好。她父母闻到饭香，从各自的沙发上站起：

她母亲拄着沙发扶手借力；她父亲用单拐撑起自己；他们——坐上轮椅；开动轮椅，过来吃饭。

她母亲自己吃……

"我爸得我喂。"同学聚会上，王禾对大家说。

"他自己用一只手可以吃饭吧？"

"能吃。他愿意我喂他，我喂他，他吃得多……"

听王禾述说时，陈印想象着与王禾有关的一切……

她举着勺子等待父亲咀嚼时，目光落在哪里呢？看着勺子底部的汤汁滴落，还是看着阳光中的母亲，把她喜欢的某个菜挪到她跟前？……她喂父亲吃一口，自己吃两口？她会不会忘记，自己也在吃饭？忘记中吃下去的饭，会在她胃里缩紧，她会常常胃疼？

……陈印已经十年没见王禾，在这么长的时间履带上，陈印的想象力前仆后继，不知不觉地把自己变成了幻觉中的英雄，仿佛也幻想出了一次"营救"。

王禾的母亲低头吃饭，对女儿的各种关照从不做任何反应，从不说谢谢，仿佛谢谢这个词会扰乱生活的秩序。

陈印首先向王禾指出了这一点：她妈妈从不对她说谢谢。

王禾却说起了别的。

"他们很恩爱，看报纸时，偶尔会抬头互相看一眼，有点心领神会。他们不爱看电视，也不看书，看完两份报纸，就看窗外，交谈一下关于天气和收成，好多年了，他们从不谈论时事。"

王禾笑呵呵地说着。她和从前一样，只要开口，脸上便有微笑。她听别人问话时，稍有憨傻和忐忑，似乎为那些自己回答不了的提问提前担心。不知为什么，这次同学聚会上，不仅仅是陈印，几乎所有人的关注都集中到王禾这里，准确说是王禾和她父母这里。

"你小时候也梳这样的短发？"

王禾说是，并无感慨，仿佛时间只是一条简单而无聊的长线，从不给她变迁的感悟。

"那时候父母没时间管，我姥姥手有毛病，风湿，也不能给我编辫子。"

在陈印的记忆中，王禾永远在陈述，世上的快乐和悲伤都被她的陈述忽视了。

"早晨，他们一般五点不到就醒了，醒了就想吃饭，我先做早饭，让他们吃饭，然后帮助他们洗漱，然后我再吃饭……八点多，他们开始看报，我出门，先去公园转一圈儿，然后去买菜……我一直不喜欢去早市，太匆忙了，我直接去菜市场，菜贵点儿，人少，回来开始做午饭，吃完午饭，他们午睡，我收拾屋子，然后练练毛笔字，看点儿书，下午出去办点儿事儿，就晚上了，晚饭后，帮他们做理疗什么的，洗脚，他们睡了，我看会儿电视……"

王禾穿一件黄白碎花的亚麻短袖衬衫，二十多年前的式样，洗得褪色了。陈印笑了，王禾问他笑什么。陈印说，她买这件

95

衬衫时，绝大部分中国人还不知道何为冰咖啡。

王禾笑得灿烂，她说，真的吗？这件衬衫是十五年前买的，现在居然还能穿。她完全忘记了冰咖啡，也没理会到陈印把这件式样老旧的衬衫和冰咖啡联系起来的用意。

"你有存款吗？"

"有啊，加起来能有二十多万。"

"你父母的钱跟你的在一起？"

"在一起，不过花销挺大……"

"花销？你还穿十五年前买的衣服，花在哪儿了？"

"我两个姐姐买房子，我帮了一些，她们生活不宽裕。"

陈印想起王禾的两个姐姐，那是她父母第一次婚姻中各自的孩子。离婚时，她们被留在原地。

"估计是你父母希望你这么做的，为了他们的良心。"

"平时来往不多，我父母经济上愿意帮助她们，但好像不是很愿意跟她们来往。"

"你们三个人的退休费，加起来一两万？"

王禾笑呵呵地说，他们三个人的退休费加起来一万七千多，她父母每月买保健品要花去一半左右。

"你也吃吗？保健品？"

"不都是老人吃吗，我没吃。"

王禾觉得五十七岁的人不算老人。

"你弟弟多久回来一次？"

"三五年回来一次。他们很高兴，总跟人念叨……儿子真好，每次回来都给我们留钱，还给我们洗脚……我说，我天天给你们洗脚呢！他们听我这么说，就不吱声了。老人都这样，糊涂。"

王禾笑着，说着；说着，笑着。

陈印也笑了，他说，你弟弟的回来，让他们高兴，因为他从美国回来。你每天的回来，无论是从超市还是农贸市场，他们都觉得你是从门外回来。

陈印和王禾坐在一个安静的咖啡馆里，男侍者换了 CD，空气中响起一个幽怨的女生吟唱。男侍者过来收走他们的空杯子，问他们还需要什么。

陈印问唱歌的女人是谁，侍者说是一个叫 Sia 的女人。说话时，侍者看着窗外一个正在停放摩托车的小伙子，脸颊有了红晕。陈印也看到了摩托车手硬朗的脖颈和手臂，就快进入同性恋流行的时代了……陈印心里这么想着。

同学聚会已经结束了，他特意多留了一天，他想，这是为了王禾。

陈印又点了一壶水果茶，他用过去因为离婚而了解到的法律知识向王禾勾勒了她的晚年。

"你父母去世，你们现在的房产，假如你弟弟不要，你的两个姐姐有权与你平分房产甚至存款……出现这种情况的话，你弟弟能帮你吗？"

"上次他回来跟我说，姐，我下辈子补偿你。"

"你弟弟好像很富裕？"

"好像是。我从来没问过，他也没提过。反正他每次走都给父母留几千美金。"

"他多久回来一趟？"

"三五年，不规律。"

陈印领着王禾走进了那条小街，从前他们偶尔在这条街上散步。街道和从前一样幽暗，茂密的树冠遮住了路灯的光亮，似乎也遮住了路人的心思，有了一种假惺惺的静谧，类似人耽搁在幻觉中。在陈印的幻觉中，王禾的过去和未来，正在一点点被抽象，本质显露。

当年她像一张白纸，他曾想在上面画几笔，画一个共同生活的草图。但这草图的念头被另外女生的妖艳扼杀了，草图般的感情却在时间的尘埃上留下了痕迹。这余韵今晚几次怂恿他，去触碰一下王禾依然圆润的肩头，在那件褪色的碎花衬衫下。

这念头也被拦住了。王禾还是那张没有笔迹的白纸，只是落满了灰尘。黑暗中，陈印不敢迈向灰尘，担心被绊倒，激起无限懊悔。他对王禾的喜爱，一直没有超过同情。他对王禾的同情，保持了他对她的喜爱？他把这些自己不愿回答的问题扔进心角，一个迷你垃圾站。

"他们会死吗？"

王禾听完问话，反应一下，似乎在辨认，谁死谁活，然后一如既往地笑了。

"他们被你照顾得这么好，会不会死在你后面？"

"那他们就惨了。"

王禾笑了，她永远在笑，却没人认为她是天使一样的女人。陈印认为生活很公平，天使是美丽的，不美丽的人成不了天使。于是，他顺理成章地对王禾提出了这个问题：

"他们爱你吗？"

夏夜里的蠓虫嗡嗡地尾随他们，仿佛对他们的话题生出了极大的兴趣。王禾干涸的笑声也没能驱散它们。

王禾敛住了笑，蠓虫的嗡嗡声更聒噪了，仿佛在互相打赌，看王禾会不会哭。

王禾又笑了。

陈印不耐烦地挥手驱赶蠓虫，他烦了蠓虫的嗡嗡，也烦了王禾的憨笑。惊恐中，蠓虫集体冲进一辆汽车的远光里，上下翻飞，随王禾的笑声，它们像在排演一出嬉闹的哑剧。

"他们互相很相爱。"王禾说。

"他们爱你吗？"

"哎呀，只要他们互相相爱，我就放心了。要不然我就更累了。"

陈印与王禾分手后，王禾向他描述过的她父母的相爱画面在他的眼前变成了蠓虫的标本。

……每次她妈妈站起来，她爸爸都叮嘱她妈妈别摔了；他经常目送她走出头几步，走稳，再把目光收回来……

"有一次，我在客厅滑倒了，妈妈放下报纸看我，爸爸也扭头看我。他们不声不响地看着我，看得我不好意思了，最后把我看笑了……"

"像你小时候学自行车，在一群人面前摔倒了，很难堪？"陈印问王禾，王禾笑着点头，连说对对对，恨不得钻进地缝里。

"你对你父母说什么了？"

"说什么？我忘了，好像胡乱说了几句，地板洒水了，太滑，鞋底磨光了，太滑之类的。"

陈印相信，他们一定又低头看各自的报纸，以便减轻女儿的窘迫。就像王禾生病，他们约好了一般，绝不询问她的病情，仿佛一问，便会加重她的病情。他们只是提醒她，该下楼打奶了，卖牛奶的车可不等人；他们提醒她，别忘了买点儿芹菜，他们最近特想吃芹菜馅儿饺子……王禾对此的理解是，他们老了，脑袋里的程序都固定了，糊涂了。

"你感冒打喷嚏时，他们也没有嫌弃地躲闪，对不？没这个程序。"

王禾笑得像个小姑娘，浑身颤抖着，她发出的咯咯笑声，均匀，响亮，没有减弱的趋势，却能平稳地停住。在她的笑声中，陈印从她父母领导过的那本《幽默画刊》，联想到现在很著名的《查理画刊》。他觉得什么都变了，王禾没变。不知为什么，这令他愤怒。

春去秋来，陈印在哲学层面对死亡的思考，一如冬日里的落雪，层叠覆盖，新雪压住旧雪，思想的刷新总让他激动不已，似乎与生的真谛又近了许多。有人说，生需要死来定义，死需要生来定义，陈印正在做的好像正是这件事。他曾经想过，假如他对王禾的喜爱多过同情，无论当年还是现在，他都可以把王禾变成情人或爱人，把她从自私的父母那里带走，让他们通过王禾的"不在"，认识到他们的生活是靠她的"在"支撑的。他们在随意消费王禾的善良，漠视她的笑容，仿佛笑容是这世间最廉价的存在。

"你想过自己的晚年吗？"有一天，陈印终于激愤地质问了王禾。"有一天，你自己老了的时候，怎么办？去养老院？"

"看你说的，今年，我五十七岁，晚年早就开始了……"

那以后，陈印再没找过王禾。他每天跑步锻炼身体，不看电视，看哲学。他经常仰望星空，想象人间的之外，想象自己正从人间的众人中……区别出来……被区别出来……被谁区别出来……被上帝另眼相看了……总之，他越来越明显地感觉着自己的与众不同，以及随之而来的深刻。

幸运的是，有一天，陈印跑步归来，更换被汗水濡湿的 T恤时，忽然看到了，否则他一辈子很可能永远无法看到的一个事实：

他对王禾说的那些话，其实代表了多数同学的看法，代表了大街上多数行人的看法，代表了商店里多数消费者的看法……他说出的是他人的想法，这就是他的与众不同！

今年，陈印也五十七岁了，他感到了无地自容的羞愧。他毕生保持自己心地纯净的努力，保持自己与众不同的努力，在关于王禾晚年的讨论中，彻底溃散了！

"他心里已经满是他人的痕迹，像扩散的癌……"

他和那些他人一起沉没了，留下的是王禾憨厚的笑容。

父亲
——那片无法找到的药

（一）

父亲去世后，我才明白，为什么一个不想死的人，总说不想活了。

父亲最后一个工作是司机。

他退休时还没有私家车，等有了私家车，他年纪大了，退休后，他没再开过车。不过，无论骑自行车还是后来的三轮电动车，他一律在快车道行驶。

有一次他被警察拦住，那时他已经八十来岁。他说：小伙子，你什么都不用说！你要么把我扭送到相关部门，要么放我走。我早就不想活了。

他说"扭送"，这是"文革"的老词儿。他不喜欢"文革"，却怀念过去，总体上认为今不如昔。在他的暮年里，他经常说起的都是前半生的得意之事。可惜，在他的一生里得意无多，被他藏在肚子里的失意和苦闷一点点渗出的毒汁，腐蚀了他的生活，一点点吞噬了他的当下。

在我的记忆中，父亲有一种不高兴的底色。这不高兴反复发作，像一颗反复爆炸但没有杀伤力的炸弹，周围的人没有因此更关注他，相反觉得他别扭、可笑。

四十多岁时，他就经常提到衰老和自杀，那时他比我现在的年龄还小。老了，自己提前备点儿药，到时候一吃，一了百了。他常这么说。

发现患癌症的前一年，肠胃功能紊乱导致的便秘非常折磨他。最严重的时候，住院治疗了一段。病因很清楚，他总给自己当医生，一有病就买药吃，常常同时吃十来种药。药，把他肚子里的菌群弄乱了。

有一次，他望着污浊的窗口，对我和哥哥说，他留的那药片儿找不到了，不然，何必受这份儿罪呢！说着，说着，他已经满眼泪水。

我们安慰他，但心里都在嘲笑他。也许，我心里把他当成了一个蹩脚的演员。因为他是父亲，我不把这样的话说出来。

上大学后，我开始读心理学的书籍，从弗洛伊德，到后来的荣格、布洛姆、魏宁格等。我喜欢用积累的心理学常识揣摩自己、他人。但我从未把父亲放到这个层面上琢磨过，尽管我早已感觉到他的忧郁。

假如，他是我邻居，是一个我熟识的邻居老头儿，我也许会跟他像朋友一样聊聊。

他不是邻居老头儿，他是一个与我有关的人，又像是与我无关。我无法走近他，就像他也无法走近我一样。忽视他的心理状态，不是我的意愿，却本能地这么做了。母亲有病后，父亲的心理状态十分糟糕，到了我们无论谁都无法忽视的时候，则只能忍受。这"忍受"经常被自己误读为"宽容"，"爱的一种方式"，诸如此类……当我认出这些误读时，父亲已经死了好几年了。

（二）

为了不让父亲继续吃那么多西药，一个朋友冒充营养师和他见了面。他们单独谈了好久。之后，我和这个朋友在一个朝鲜饭馆见面，听他复述父亲所说，我的无助在烤肉香味里，如飘浮的尘埃，与烟共舞。

你爸很痛苦！这是扮演营养师的朋友，告诉我的第一句话。

然后，他开始吃烤好的肉，我们沉默了一阵。当时的心情直到今天我还记得很清楚。尽管如此，我无法帮助他！这句话在我心里轰鸣、翻腾着，宛如一句无人认领的呐喊，在我的情感上灌注了水泥……除了坚强，坚硬，那时的我根本无法顾及其他。

我告诉他，他病的最根本的症结是心情不好，难得高兴……你爸听了差点掉泪……他反问我，这生活有什么值得高兴的？！

朋友说完这句话，我的泪水上涌，父亲居然跟我想的一样。这生活没有什么值得高兴的！一对绝望的父女，他的妻子，我的母亲，也在病危状态下……我们在尽各自的责任，扮演着亲人……我们却无法像真正的亲人那样，走近，真正地相依。

你爸懂的西医常识比我想象的多，我从他的痛苦入手，给他讲了中医的道理。人不高兴，整个身体器官的运转就会受到影响，再加上年纪大了，循环缓慢，这样，身体里的毒素代谢不出去，就会产生病……

在这本书的序言中，我已经提到，因为母亲首先被确诊的癌症，我们都惊慌了，完全忽视了父亲的病。他病得更重，最终也先于母亲离开了人世。

总之，父亲完全被这位朋友说服了。他同意停止他正在服用的各种西药，开始吃朋友推荐的美国产的植物性的营养药，调节肠道菌群，调节神经和睡眠，养护心脏等等。

吃药的第一周，效果非常好，他觉得，他的所有状况都得到缓解了，逢人必提这位朋友，无比赞赏。第二周，他期待的更大的改善没有到来，他进入怀疑期，我要他再坚持一周，看看效果。第三周，他开始不安，偶尔变得狂躁。最后，他愤怒了，认为那个营养师是骗子，于是，恢复了所有的西药。

父亲不是一个懂事听话的邻居老头儿。他的所为都变成我无法帮助他的借口。

（三）

我父亲 1931 年出生在河北一个穷苦人家。50 年代开始，在一个市级医院当八级电工。当时，他是医院里唯一的一个电工，有公家发的自行车。小时候，我经常半夜被敲门声吵醒，每次都是叫父亲的，一般都是手术室或者急诊照明出了问题。他工作做得很好，唯一出了问题的地方，是跟负责行政的领导总有摩擦，起因往往是他为群众争取利益，比如分房子，涨工资等，因为他在工会有点儿小职务。

"文革"时，他加入了某个派别，当他发现那些人把人往死里打，而且被打的人在他眼里都是好人，他便退出了。"文革"结束后，追究那些造反派时，父亲觉得时间证明了他的正确。他一辈子最大的愿望不仅仅是当个好人，最好是当个有钱的好人。80年代初，我上大学时，他已经有三万元的积蓄，据说，那时一万元便可以在北京买一个四合院。他命里没财，也没有发财的远见，他尝试做的所有生意，都失败了。进入2000年，他的三万还是三万。

股票和基金迅速发展时，我给他两万块钱，让他买基金。赚了算他的，赔了算我的。他非常高兴，日子变得充实起来。最后他赚了十多万，这个成绩，短暂地把他从不如意的低谷中带了出来。每次家里人出去吃饭，结账前，他总是掏出钱包，说他请。每次我都拦住了他，他笑着再把钱包搋回口袋。嫂子调侃他，让他以后不要总掏钱包，来来回回麻烦。他笑着看别处，然后对我说：下一次一定我请。

他请客的那次，我们选了一个中等价位性价比很高的餐馆。买单时服务员问他开发票不，他一摆手，气派很大；服务员又问他要不要赠品，他再次摆手，非常豪爽。离开饭店时，母亲私下对我说，我从没看过你爸这么高兴。

美国电影《大买卖》开场中，有句台词说，对钱的热爱，是推动这个世界的动力。对这种爱，上帝一定是过于留意了，他赋予爱钱之人的钱财，一直十分吝啬。我也见过比我父亲更聪明的人，一次次被钱绊倒，直到爬不起来为止。

父亲过世后，有一次跟儿子说起他，孩子对姥爷的总结提醒了我。他说，姥爷这辈子不容易，年轻时，生活就开始从高处往低处走。父亲二十多岁时，在东北局工作，整天带着枪和介绍信出差。他对外孙多次谈起的都是这些，他在上海住的和平饭店，南京吃的盐水鸭，杭州的西湖，哈尔滨的友谊宫等……东北局解散，他到了卫生局，工作遇到了瓶颈。他开始学技术，然后到医院当了电工。最后因与医院领导不和，他又学习开车，考到证后，转到一个工厂当司机。他从这个工厂退休后没多久，工厂就倒闭了。很长一段时间他只能拿到二百多块钱的退休金……直到最后，他的退休金涨到了一千块钱，也只有母亲退休金的三分之一。当年他们都在那个医院工作，那时，父亲的工资七十多块钱，是母亲工资的一倍。挣高薪的父亲经常拿母亲微薄的工资开玩笑。

这些玩笑调侃，随着时间，渐渐失去了可笑的成分，变得苦涩。父亲因此对社会不满，无论社会，还是他的亲人，都没真正理睬过他。这些父亲难以吞咽的，最后成了杀害他的"凶手"。

（四）

父母生病前，因为两次失败的婚姻，我在德国看过一段心理医生。我想知道，为什么两个完全不同的男人，对我做了完全一样的事情，甚至有着相同的时间节奏：三年相识，六年婚姻，第七年出轨。心理咨询把我带到了问题的根源上——我的童年。

作为一个事实上的独生子女（同父异母的哥哥从小跟奶奶一起生活，直到他工作独立），我不到两个月大，就被送到一个老妇人家里照看，早晚接送，一直持续到我七岁上小学。这其实是父母对我的厚待，他们每个月付给老妇人十五元，60 年代这不便宜；2005 年，这笔钱最后的落点是"变相抛弃"。

一个婴儿，一个小孩儿，晚上被接回家，很快就睡觉了，我几乎没有跟父母相处的可能。那时候，父亲经常不在家，包括休息日。母亲年轻时，很少说话，跟我也是一样。我不是母亲的第一个孩子，她失去了别的孩子，并没使她与我更亲近。有时我想，母亲经历的苦难裹住了她，使她失去了一般母亲的柔和……但她却是宁静的，从年轻到年老。

有类似童年经历的人，成长过程中必须面对的是——孤独。

孤独有各式各样的出口。我的出口先易后难。

照顾我的那个老妇人没有孩子，她丈夫是木匠。他一开始不喜欢哭闹的小孩子，后来成了我童年里最好的朋友。他影响了我，影响了我的一生。

他也是一个孤独的人。

他每天上下班，几乎从不跟邻居说话。每天晚上，他喝二两白酒，看一段《史记》；周日休息，他给人做家具……唯一跟着他的人是我。三岁也许四岁，他就用筷子蘸白酒，滴到我嘴里，这就是我最初的酒量。时光荏苒，增加到今天的几两。他给我讲《史记》，似乎并没引起我的兴趣，但我很喜欢跟他一起做木匠活儿。他特意给我做了一个小刨子和一个小案子。干活时，他不跟我说话，也不听广播，完全沉浸在木头里……如今仍然令我惊讶的是，一个小孩儿多么容易受到影响，我居然能跟他一样，在刨花堆旁，跟木头相安。

他变成了我实际的父亲。

白天他上班时，我和他一样，几乎不怎么跟他老伴儿说话，一个人闷头玩儿玩具。我有全套的大夫护士的玩具，听诊器注射器之类的；有整套的厨具，有积木，有娃娃等等。因为我小时候很胖，不灵活，别的孩子不喜欢跟我一起玩儿，下雨天他们才来找我，玩儿我的玩具。上学后，看书逐渐代替了玩具。家里书少，我一个人去图书馆借，父母吵架之类的事情，我都成功地躲避了。

……直到二十岁，心理医生认为，我一直生活在自己的堡垒里。木头，玩具，书……唯一没变的是我的堡垒。

这也是我婚姻出现问题的原因所在。

爱要求无间地融合，这不是结婚生孩子可以证明的，但却是爱人能够感觉到的。当年的他们，和我一样，对我的堡垒一无所知，出轨便成了一种打破它的尝试。在这个意义上，我无法确定他们是否成功了，虽然我们离婚了。

我是一个安静的人，一个能一个人待着的人，能一个人待很久的人。代价是，我只有我的堡垒，无法真正地走近他人。

我知道，不能把这些跟父母说。他们为我提供了他们认为是最好的童年生活，我不能享受了它的好处，再去清算它的坏处。这么决定后，觉得这是我对父母的一份理解和爱。再想到自己这二十年来过于颠簸的生活，眼泪总是往上涌。并没觉得十分委屈，但觉到了十分的孤寂。

这样的童年导致我与父母的"隔阂"，却一直没有消失。我可以为他们买他们需要的一切，为他们做他们希望的一切，但我不能拥抱他们，拉手也只发生在他们生病以后，需要帮助的瞬间。

跟爱人相比，与父母的联系是血液和灵魂的。他们相继去世后，这绝望才露出它狰狞的脸：我独自面对童年的遗留，根本谈不上什么对父母的理解和爱。立在眼前的只有一个无比残酷的事实：他们活着时，我们彼此无法走近；现在我们相隔浩茫的人生两岸。这生死也无法改变的距离，变成遗憾，永存。

（五）

朋友钢克说，一个听诊器，无法计算我们与死亡之间的距离。

2011年年末，父亲因为咳嗽去医院检查，结果是肺癌晚期。到2012年2月初，除了其间有三天时间出院在家，他的最后时光都是在医院里度过的。一直警觉的父亲很快就知道了自己的病情，他要求手术，被医生拒绝后，他选择了化疗。

我不忍看父亲对化疗寄托的希望，生还的希望。

我也不敢劝他放弃治疗。

他住过的病房里，有个临床病人去世了，父亲盯看着空出的病床，久久无法把目光收回来。

化疗之后的各种反应，父亲挺着，期待着病情的好转。病情继续恶化的迹象一出现，绝望的父亲愤怒地爆发了。他拔掉输液管，怒斥医院就是为了赚钱……他重新平静下来时，吩咐我们把多年没有走动的亲戚们找来……

父亲并不顺遂的一生，像有一个咄咄逼人的敌人，被一点一点地缴了械，拿走了他手里的所有武器。最后面对死亡时，父亲已经赤手空拳，无论精神还是肉体，都已羸弱不堪。

——他仍然不甘赴死。

不是他不愿意死，是他活着时，生欠他一个答案。

他把不走动的亲戚找来，他让我帮他买悲伤的 CD，他说，他想听悲伤的曲儿……我也是现在才明白，他在寻找帮助，帮助他面对死。

无论我们谁，无论多么悲伤的曲调，无论什么，都没有帮上父亲。临终前，他挥舞手臂驱赶迎接他的死，抗拒着……他最后的那口气，放下了他驱赶死亡的手臂。

差三天两个月，从确诊到离世，父亲攒了一辈子的钱，都交给了医院。

为了活明白，有时，一辈子不够。

父亲不是一个和蔼的邻居老头儿；我从没和他好好聊聊天儿；我从没挽过他的胳膊；我从没单独跟他看过电影；我从没真正理解过他……

他没找到他的那片药。

我的绝望，也是无药可治。

死把我们的曾经停在那里，却无法终结。苍天下，到处飘着它们的幽魂。

假如可以，父亲，请您安息。

别人的故事：

他乡叶落

第一次看见他，是在 W 公园，那里有大片草地。夏天有很多裸体的人，在草地上沐浴太阳。

他双手举在肚子前，像抱着一个大球，走一个半径两米左右的圆圈，双目半遮，像在一个无人的世界里，自己仿佛也不在了，却踩倒一片嫩草。

那以后，经常看见他，走圈儿，买菜，总是一个人。和那些住在德国的中国老头儿不同，他脸上清楚的表情是悲伤。和他的悲伤相比，那些中国老头儿的表情连孤寂都算不上，失落而已：德国和他们来之前想象的不一样。

一个经常在家门口，超市门口，单位门口……碰到的人，即使永远不打招呼，永远不相识，每次匆匆一撇，撞上的目光迅速躲闪的瞬间里，也像是交流了很多，仿佛难言之隐都随着目光说了出去。时间久了，他们成了心里的熟人，甚至会觉得，他们也比其他熟人更熟悉自己；一如自己熟悉他们。即使这是错觉，也是无害的，现实中真正的陌生，替彼此防御着呢。

这样的瞬间里，隐蔽的心灵被看到了，你看了别人的，别人肯定也看了你的。

这样的瞬间里有一种公正，心灵和心灵平等了。那个叫薇薇安的女人，在美国大街上，拍下的每幅照片捕捉的几乎都是心灵敞开的瞬间……那之后，她总是急匆匆地转身逃离，因为她不喜欢自己的被别人看见，但她的心灵被描在每张照片上，让更多的人看见了。

最后一次看见他，是在报纸上。他的照片被刊在一个华人报纸上。他微微笑着，好像正在听人们谈论他的事情。

从报纸上，我知道他姓张。

照片很清楚，他的表情我琢磨了好久。他的微笑活生生的，对我来说却像一个骗局。我无法想象，之前经常遇见的那个悲伤的老头儿能发出这样的微笑——生活多么美好，歌声多么美妙，故事多么动听——一个出现这些感慨之后的微笑。

报道对他所为的描述，可信的部分如下。

他七十一岁，两年前和妻子来到德国的 B 城，为妻子的女儿女婿照顾外孙女。外孙女两岁。

他们住在北部一个新开发的别墅区，离 W 公园很近，因此别墅卖得不便宜。

五年前，他和妻子经朋友介绍相识相恋结婚。之前，他们各自的配偶都故去了。据他在德国的朋友说，他很爱老伴儿，几次感叹，他们相见恨晚，要是早几年相识，他们一定会有更好的生活。

他们的女儿女婿都在 B 城的某个电脑公司工作，属于收入稳定的中产阶层。

一个晚上，吃过晚饭，他杀死了外孙女，妻子和她的女儿，自杀未遂。他的作案工具是菜刀，那晚，女婿因出差，躲过一劫。

报纸也登载了女儿的照片，她是一个胖乎乎的女人，目光里满是怀疑，仿佛为这命运的结局提前准备了某种质问。

这件事情过去好久以后，在我眼前，经常出现的不是这个胖女儿的眼神儿，而是她坐在电脑前的背影和她继父的微笑。那微笑像是印在她 T 恤上的一个图案。

别人的故事：

为我们死去的父母

冬

春节过后，一切都像是失了元气，街上，火车上，商店里到处弥漫着无奈的寂静。

农民工孙茂臣坐在返乡的火车里，像画中人一样，一动不动地看着窗外残雪覆盖的田野。他虚幻的目光似乎早已掠过田野，融化在天际。当他疲惫地收回目光和心神时，古铜色的脸膛上又现出愁云，大地的辽阔之上，他看见了病危老父亲的面容；看见了怀着二胎的妻子摇摇晃晃的背影；看见了家中残破的老屋……

这强壮男人的心里，塞满了羸弱和无奈，只有把长城挪到他身后，他才能靠一靠。

他像一棵大树，从家乡拔出的根，至今还没插进城市的水泥中。但他必须挺立。倒下，是他无法想象的。

现在要倒下的是他的老父亲……

他请了七天假，回来为父亲办丧事。

三天过去了，他父亲的垂死缓慢地行进着。

他平静地躺在温热的炕上，偶尔咽几口儿子送到嘴边的温水。他闭着眼睛，沉在半睡半醒之间。眼皮下偶尔转动的眼仁儿，似乎要说点什么，又被紧闭的双唇拦住了。

他病后的全部梦想，也许就是这点儿温暖，有个骨血至亲守在近旁，端给他一点温热入口的吃食儿，水还是米汤，到了他苦苦的嘴里，毫无分别。他一辈子的艰辛，正一点点被眼前等死的平静淡化着……

爹，我只请下七天假，装修的活儿都是催命的，老板……
儿子的话还没说完，老父亲便咳了起来，表示他听懂了？

儿子出去了，他心里愧疚，不该对父亲说这样的话；他似乎又没有别的办法，他的生活还要继续。
他在邻居家喝酒，喝到了圆月躲进了乌云……

裤带勒在脖子上，他的下半身拖在炕上，裤带扣在窗框上，玻璃打碎了……这是一个病重之人几乎无法完成的死，假如他没有坚决赴死的决绝。

　　……久久凝视这个故事，可以看到爱。

　　这之前，还从未见过这么凄惨的爱。

夏

　　村里的每一棵树都绿了，每一朵花都开了，像是有了一块绿底子的花布，遮了破旧房屋的穷衰相。

　　坐在家门口的老林头儿，残老得像一截枯树，凝固的目光滑过了夏的葱郁，掠过了生死，远到了什么都看不见的地方，忘记了眨动……

　　他还没死。他还是人，但已静如幽灵。

　　他在等日落，天边最后的一片红色褪去后，他回到堂屋。

　　堂屋的地上放着一个炭盆儿，旁边是一摞纸钱和薄薄的一沓冥币。

　　他点了蜡烛，关了灯，坐到火盆旁边，开始烧纸钱，偶尔扔进几张粉红色的冥币……

　　火盆里雀跃的火苗，带着喜兴，他看着看着，脸上居然有了笑意。他从衣兜里掏出小瓶子，喝尽了里面的东西。继续烧纸钱、冥币……纸钱没了，冥币也没了，火失望地黯了下去，只剩下一眨一眨的火星儿……

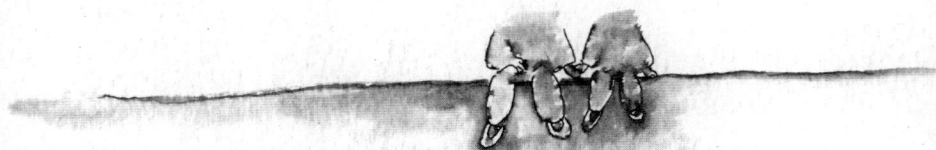

老林头儿歪着身子，倒在了地上。他的拖鞋掉了，脚底板很干净。他早晨洗了澡，换了干净衣服，为晚上的死做了准备。他给儿子盖了屋，娶了妻，连纸钱也替儿子们烧完了，身后没留下钱财，也没留下麻烦，悄悄地随着黑夜上路了……

秋

……没有乱坟了……

即使没好好活过的人，死得也比从前好了……

那些像火柴盒一样的墓穴，似乎收尽了死者；没想到，出了城没有好多远，便见了一个"野死"。

秋天好静，落叶的窸窣，不知为什么，让乡村更静了。村外的山沟那里，满地落叶，没人踩踏，无声地叠摞一起，等待冬雨的奏响。一片又大又黄的杨树叶，孤单地落在了一个人张开的嘴上，像是要捂住什么话。

……他的眼睛圆瞪着被树枝遮挡的蓝天，身上盖了新土，头脚露在外面；土上有个装过农药的瓶子；土坑旁有把旧铁铲，仿佛也死去了，看上去像是纸做的……

他额头皱纹里腻着油光光的黑泥，支在新土上的双手，变了形，像错了比例的石雕，每个手指头都比指根儿粗大，上面沾满了新土……

估计苍天也不忍再听他往昔的故事。

他有过怎样的一生，一生里有过怎样的悲惨，最后一起把他送上了悲惨的顶峰。

这样的死，如霹雳，劈开了人间的晴好。

春

他们绕道后山，出村，不想遇到熟人。

经过邻村，来到镇上，已是中午，他们走进一家面馆儿。他看黑板上一碗面的价格，又回头看看老伴儿，她顺从的目光没透露任何意愿，只有顺从。

他掏出钱，买了两碗牛肉面，两个肉夹馍。

这是四月的一个阴天儿，他们坐下等面时，他看着外面的天空，没有云也没有太阳，灰色的天空，平静地笼罩着人间。

他满意这样的天气，对老伴儿点点头，老伴儿回身儿望望，也点头。天意，吃面前，他们模模糊糊有了某种天人合一的预感。

面端上来了，外加两个肉夹馍。他们没有马上吃，牛肉面汤汁的味道，对他们是陌生的。陌生的汤滋味触动了什么，他对老伴儿点点头，示意她吃，她却哭了。已经拿起筷子的老头儿，又放下筷子。

她想起了家里的灶台，想起她的大锅，出门时，她想回去再仔细看看屋子，那些破烂的物件都是她熟悉的。熟悉，是她攒下的，是她有过的；除了熟悉，她还有什么呢？可他喊她快走，不让她多看。他是男人，想的跟女人不一样。

别再想那些了……

老伴儿点头，擦泪。

都是没用的破烂儿……

老伴儿又点头。

连我们都没用了，还想那些干啥！

他们说服了自己，开始吃面。他们吃得好香，像是好久没吃过，又像是从来没吃过。一碗上面泛着油辣椒的牛肉面，算得上人间的温暖。

天继续阴着，静着，他们继续赶路。离开镇子，他们遇上一辆小公交，正是他们要去的方向。他们互相看看，老伴儿说，还再走走吧。

他们一前一后，走向麦子刚返青的田野，在绿油油的麦苗间，他们休息了一会儿。老头儿硬硬的大手在细嫩的麦苗上，抚来抚去，宛如在抚摸婴孩儿的小脸。老伴儿垂着头，出过汗的身子觉得冷了。她没有碰麦苗，也没有碰田垄，脸朝黄土背朝天的累和痛，她现在还恨着呢。她不止一次说过，再托生，哪怕当老鼠，也不做农民。

隐约听到渐近的闷雷，像巨石在天幕后翻滚。他们互相看看，一同起身，继续赶路。他们原想天黑前，赶到界河那里，也是为了避开人，避开不必要的麻烦。要是下雨，就不用等天黑了。乡下，没人稀罕河上风景，更不要说在雨天里……

走过村庄乡舍，走过林荫石桥，从自己的家走向天涯，走向另一个世界。春天的花还没开全，他们却像醉了一般，路越长，脚步越轻，像是梦游的人……

他的脸是瘦而硬的，满是悲伤。透过悲伤，看见了他的心，是软的，善的，弱的。他的背像微微弯曲的树枝，承担着折断的危险。他的头发像草一样丰茂，花白如不洁的雪……

她的眼睛是干的，没有光亮，充满了哀怨，仿佛哀怨本来就是干枯和赤裸的。她围在肩头的围巾，是三十年前流行过的花样，她跟着丈夫的背影，宛如自动行走的人，可以永远走下去。

界河还有别的名字，他们还是叫它界河，因为它分开了河南和湖北。河水裹着暗流，那里翻过船，死过人。他们到河边时，雨还没下，天已经暗了。

他们在背包里装了石头，坐在河边，要么等着天黑透，要么等着下起雨。

你还怨儿媳吗？

她想了想，摇摇头。

只要她对儿子好，顾着家，就行了。

是。她说。

他们也不容易，两个孩子，花钱的地方多着呢。

是。她说。

天，不知不觉黑了，雨还没来……他们没有话说了，默默地坐在河边。没有风，河水湍急，像匆忙赶路的人。

哗哗的流水冲撞着他们的心。

她等着他，放话。

他一直沉默着。要是有支烟抽抽就好了，可他一辈子没抽过烟。

她不敢扭头看他。她不害怕，只是觉得，没什么要说的。

走吧。他终于说了。

嗯。

你这辈子跟我，也没过过好日子，下辈子换个好人家吧。

她哭了。

他们一前一后，背着石头，走进河里，扑倒在河流中……河流按照他们的愿望，冲向更远的远方……

这是他们为儿子儿媳做的最后一件事，死得远远的，不让村里人说闲话；不让孩子不安……

有时，细听河水，便能听到这样的故事……

舅舅
——活在自己生活外面的人

（一）

舅舅死于 2011 年夏天。

他的一生，像一个有好多门的大房子，却把它的主人困在了外面。舅舅迷茫的灵魂，为了进入自己真正的生活，一次又一次冲撞不同的房门，循环往复……最后的进入，居然和他的死亡一同到达。

他死得安详，面带笑容。

他是第一次那么耐心地等待，等待死亡的来临。也许他领悟了，这是他回到自己生活的唯一途径。在病床上，有一次，他微笑着向前面摆手，低声说，来吧，来吧，来接吧。

我顺着他的目光，只看见另一个垂死之人呆滞的眼神。

舅舅因为胆管堵塞住院手术。手术很成功。术后第三天，发烧，退烧后，他便拒绝进食，只吃冰棍儿冰激凌。交接班查房时，总有一个大夫对另一个大夫说，三床这个老爷子一切正常，就是不吃东西。

为啥不吃东西？

舅舅微笑。

大夫离开后，他对我说，都吓跑了。

他大约吃了一个星期的冰棍儿，之后什么都不吃了，喝水也很少。去世前三天，他出院回家，在家里静静地躺了三天，凌晨，头歪向墙，离开了这个世界。

去世前不久，他在日记中写道：

……谁能告诉你真相？

但我知道，我是真的，我是什么人，我知道；我一生走的路，我知道。

我在北大荒活过。我当过国民党兵。我是东北师大的毕业生。我教过大学生。我当过记者。我是社科院的研究人员。我是特异，灵魂气功研究人。

"文革"，我被打成苏修间谍。

今天，我七十八虚岁。

我五套房子都丢了！我成了租房户！

我断子绝孙！

现在国家每月给我四千五百元养老金！我有饭吃，能租房！能活！眼下，无大病！一个人过！

正在想：戒烟，吃素，自证！

他记了一百多本日记，大部分被他的继女扔掉，我拿到的几本，把我带进了舅舅的老屋，里面陈列着他的一生，细看，常常得忍住痛。

这是我写得最艰难的一篇回忆，煎熬了好久，总也找不到下笔处，直到偶然读到雅诺什的那首童诗——《晚安，晚安》

被上撒满玫瑰

插满丁香

钻进被窝睡吧

睡到明天一早

假如上帝愿意

你将再被唤醒

别人的故事:

讲两个故事

这不算"文学"。只是为充满活力的老百姓写的一篇故事。他们要的是故事，而不是长篇大论的"心理"描述或"分析"。老兄，你会喜欢它的！在这里看一遍，在电影里看，在唱机上听，在踩缝纫机时去回味。

——菲茨杰拉德

这是两个故事，第一个发生在中国；第二个发生在瑞典。

1

在中国的黄河边上，住着一个老头儿，姓信。他瘦瘦的，脖子细长，眼睛也是小小的，那么细的脖子是担不住大而明亮的目光的。他是一个在城市做工的农民，很穷，所以他总是一个人。他从未娶过妻子，这也不是他经常想的事情。

他老了，不能在城里干活儿了，便回到村里。他蹲在自己的八分农田上，看着荒草飘摇。和荒草比，瘦弱的老信头好像更容易折断似的。

他终于病了，躺在黑暗的家里。

没有急事，不要点蜡。他说，蜡烛这个东西太贵，比吃饭还贵。

也许是黑暗驱散了他的疾病，他活了下来，也等来了一个好消息：他得到了政府的困难补助，每年三百元，平均每天八角钱。

2

瑞典的公交车上，靠窗坐着一个老头儿，他叫舒尔茨。车靠站时，他有些急切地看着车门，好像等待什么熟人。一个年轻的姑娘坐到他的身边，打开一本书。

舒尔茨老头儿对年轻姑娘说起看书的好处，看电视的坏处。他说，他自己就有电视，但他不爱看。年轻姑娘下车了，之后，舒尔茨老头儿也下车了。他走进了沃尔沃汽车工厂，那是他工作的地方。他跟遇见的人打招呼，他们并不回应，好像舒尔茨老头儿是一个隐身人。他进到职工食堂，刚坐下来，便过来一个恶狠狠的男人，低声告诉舒尔茨老头儿：不要再来了，你已经退休了。

舒尔茨老头儿回到家里。他的老伴儿已经死去，只有她的衣服挂在柜子里。舒尔茨老头儿给熟人打电话，给煤气公司打电话，给电话局打电话，给自来水公司打电话……无论哪里，无论什么人，都不想和他说话，因为他经常给这些地方打电话。

舒尔茨老头儿一个人坐在寂静的屋子里，一动不动，仿佛变成了房间里的一件老家具。

3

时光荏苒，老信头儿更老了。

他的困难补助从每年的三百元涨到了六百元，他每天的生活费也从八角钱涨到了一块六，但是米更贵了，肉也更贵了，老信头儿已经两年多没吃过肉了。

有一天，他在一份捡来的报纸上看到了一个新闻，说有一个和他一样穷的人生病了，为了治病，故意犯罪进了监狱，在监狱里治好了病。

老信头儿心花怒放，仿佛看见了一辈子里从未见过的光明，照耀着他的未来。

他开始捡破烂换钱，他要攒钱去首都。无论什么事情，只要发生在首都，都是重大的。他用攒的钱，先从黄河边儿到了郑州；在郑州继续拾荒，然后到了天津。离首都如此之近时，希望的暖流第一次真切地注入了老信头儿的心田。

4

舒尔茨老头儿一个人在家，坐着坐着，从正午坐到了黄昏，从夜晚坐到了清晨……有一天，他正在厨房坐着的时候，门铃响了。他几乎不敢相信自己的耳朵，他打开门时仍在怀疑，是不是自己听错了。

没错。他的门口站着一个年轻的女人，手里拿着一本《圣经》。

这个卖《圣经》的女人，是一个那么和蔼的女人，真像是上帝身边派下来的人。

哦……

舒尔茨犹豫了一下，也许，他因为《圣经》想到了上帝。他好久没想起上帝了，在上帝把他遗忘之前，他先遗忘了上帝。

如果您有一点点时间的话，我可以向您解释，这个版本的《圣经》……

时间？当然！

舒尔茨老头儿把年轻女人让进房间，给她做了酸奶草莓。他们坐在沙发上，他听她说《圣经》。……时间一点点过去，时间过去好多了，关于《圣经》，年轻女人要说的都说了，甚至还额外说了些别的。

我想，我该走了，耽误您这么久……

舒尔茨老头儿怎么想呢？他在想，她要走了？他一定在想什么，他看上去很迷惘的样子……

5

老信头儿在一个炎热的夏天到了首都。街上到处都是人，马路上的汽车像河流，慌乱中他唯一的清晰的感觉是——饿。饥饿提前了他的犯罪行动。

只有一个想犯罪的人才知道，犯罪是多么不容易。

老信头儿看到一个警察买东西，他决定抢劫警察。可是，他年纪大，肚子饿，走路太慢，没等他走近，警察已经走远了。

他抢一个年轻姑娘的背包，姑娘不放手。他们拉着背包的带子，像拉锯一样，最后姑娘拿回了自己的包，老信头儿摔倒在地上。

最后，他改变了主意，拿出了自己的水果刀，抢一个女人的包，用刀逼着她，让她喊抢劫。

女人喊了，警察来了，老信头儿犯罪了，被逮捕了。

6

舒尔茨没让卖《圣经》的年轻女人离开。

年轻的女人躺在舒尔茨的沙发上，双手放在胸前，像躺在棺木里一样安详。

舒尔茨坐在她身旁，对她轻声说着什么。他们的旁边的盘子里还有几颗红红的草莓。

不再呼吸的年轻姑娘，看上去更加安详，仿佛是在上帝温暖的目光里睡着了……

7

老信头儿站在法庭上，法官判他入狱两年。

判得太轻了，你们再好好审审。

法律是法律，老信头儿的愿望，不在法律的范围之内。虽然只有短短的两年，老信头儿还是开始了狱中的幸福生活。

两年来，老信头儿第一次吃到了肉。他把肉放进嘴里，慢慢地咀嚼，怕太快进到肚子里。他每天早上可以吃到一个鸡蛋，可以吃他喜欢吃的馒头。他有夏天的衣服，还有春天和秋天的衣服，还有冬天的衣服和两双鞋子。他有被单床单，热水瓶，杯子——这都是他几乎从没有过的东西，现在都有了，春节他还喝到了甜酒冲鸡蛋！

因为是老人，在监狱里他不用干活，每天看书看报背唐诗，下棋听广播。有生以来，他第一次做了体检，第一次知道自己有那么多的病。有一次，他生病了，也是有生以来第一次去了医院诊治……可惜，好景不长，老信头儿被减刑，提前半年出狱了。

8

舒尔茨老头儿面临牢狱之灾时，老信头儿坐在太阳里盘算，怎样才能回到美好的监狱去。因为年纪大了，能不能成功犯罪，他还真没把握。

9

其实，这不是故事，是我把它们讲成了故事。

别人的故事:

人间景象

看! 咱家伺候的老爷子!

他说着, 把病床上的老爷子翻过去, 虽然没说, 走一走, 瞧一瞧, 意思到那儿了。

他用手指轻敲一下老爷子的后背, 没有发出声音。那微弓的背, 像旧绢, 随时可能迎风飘散。

看见了? 没有褥疮, 啥毛病没有!

多长时间了?

我家老爷子当植物人? 十年! 都是我们自己伺候的, 从来没请过人, 我和我媳妇啥也不干, 就伺候我爸!

说话这会儿工夫, 他已经擦好了病人的后背及全身, 换了衣服, 润了嘴唇, 抿了眼屎, 挖了鼻屎, 清洗了假牙, 正端着换下的衣服和用过的毛巾去卫生间清洗。

那是一个炎热的夏天, 祝光坐在自己父亲的床前, 断断续续的念头像滚过他脸颊的汗珠。他几乎忘了自己的父亲, 一直在想临床的这个老爷子。

老爷子的儿子换上一件白色的篮球背心，臂膀和胸大肌坚实有力，像是青铜铸就的。他用这力量，擎住了他爸爸的死，把他停止在垂死的姿势上，一擎就是十年。

风刮进来，雷声在远处响起，要下雨了。

篮球背心用湿毛巾又把自己擦了一遍，坐在父亲床旁的椅子上，双手架在双腿上，防止腋下出汗。

好！一下雨就凉快了。他说。

老爷子仰面朝天躺在床上，瞪着大眼睛，仿佛盯看天花板上的一个瑕疵。那目光无比执着，天花板仿佛有了随时坍塌的危险。

他看不见吗？

看不见，听不见，没有感觉，没有痛苦，啥也没有！

篮球背心仿佛在介绍一款商品的特性，但他永远不会出售爸爸。

祝光有过卧床的经历，因为颈椎扭伤，他直直躺了五天，一动不动。躺到第三天时，已经生不如死，做梦都想翻身。

费用很高吧？

全报销。我爸过去是十三级干部。

退休金也不低吧？

光喘气每个月挣七八千。这才叫境界！

乌云压过来，病房里忽然暗得看不清人，像是夜提前来了。篮球背心开灯，再说，下雨好，下雨就凉快了。

他多难受啊……

祝光脱口而出。

你说我家老爷子？难什么受，他没有感觉。

你怎么知道，他没有感觉。

植物人都这样，大夫说的。

大夫怎么知道他们没有感觉。你想想，要是他有感觉，嘴说不出，手动不了，眼神儿传达不了，要是这样，你想想，他得多难受啊？

他不难……

说到这里，他们两个人都看见了，老爷子的右眼角淌出一滴眼泪。

那泪流得好慢，像是黏着，像是沉重，却是亮的，像一个结晶。

篮球背心擦去那滴泪的同时，说完了刚才没说完的话：

他不难受。

祝光在心里想，他不难受就好，他是不能死的，他的活绑定了他儿女的活……一个必须活着的人……会不会无比想死呢？

　　一声响雷，撕开乌云，闪电松开了雨的闸门，放出了滂沱大雨，浇灌着人间。

舅舅

（二）

我不知道，舅舅是否真的知道，他一生所走的路。

舅舅是幽默的，愤怒的，和蔼的，怪异的……

他不那么愤怒时，有点儿法国喜剧演员兼导演塔提在电影里的气质，细长瘦高，喜欢开玩笑。

在笑容和愤怒的更迭中，持久攫住舅舅的是某种嘲讽，自嘲居多。他犯过许多"错误"（更多是世人眼中的错误），后果全部自己承担了……他从不昭显自己的悲惨，但悲惨在那里，在他自己知道的那里，隐隐作痛。今天我想，他因此只能是嘲讽的，怪异的，这成了他驾驭生活的武器。

这算一种自尊。

这样的自尊下，无论经历了怎样的困难，无需抱怨。我母亲也有类似的品质……我希望我能继承他们！

——最能安慰我的从来也不是人间的幸福。

有一次，舅舅的继女对我说，爸老怪了。我让他来过年，他不来。后来又说来，早上四点半就到我们家门口了。

我不用替舅舅向任何人解释，他为什么大初一早上四点多到人家门口；我宁愿把这当成故事的细节；我更愿意替舅舅看看那寒冷的黎明街景。他等待开门时，也许看了晨曦中模糊的街灯，也许看了街灯昏暗中居屋锐利的棱角指向天空。寒冷中，舅舅也许感觉到了，北方的冬天是硬的。

舅舅走上的那条人生之路，更像被命运黑手推上去的。

他的一生充满了阴差阳错。放眼看过舅舅七十七年的人生，阴差阳错再也没有喜剧色彩。

舅舅和母亲长得很像，也很亲近，因为他们的母亲去世时，他们还是六岁和九岁的孩子。姥爷再娶，后娘再生养，加上姥爷赌钱破产……姥爷戒了母亲的小学，母亲回家带继母生的孩子，舅舅继续念书，直到新中国诞生，入大学俄语专业……

舅舅的长相算漂亮，年轻时奶油小生；年老清癯，青春弥留不散。他的命运经常诱引我去想象他人生的另一条路，一条康庄大道，他要么当了教授，要么成了著名的翻译、学者……娶了漂亮的太太，生养漂亮孩子……对很多人来说，这是那么平常的命运。对舅舅而言，却像童话那么清脆，宛如一个响指留下的空响儿。

　　大学毕业后，舅舅响应号召，去最艰苦的地方锻炼自己，到了北大荒。北大荒，至今对我是神秘之地，那个年代里，它改变了无数青年人的命运。因为寒冷潮湿，舅舅得了重病，姥爷赶到医院时，大夫告知，为了挽救舅舅的生命，必须割掉他的一个睾丸。据说，当时一个女护士一边哭一边劝姥爷，再等等，看看情况。

　　姥爷同意了手术。

　　我只见过姥爷一次。一次足矣。

别人的故事:

R 夫人最后的光景

去年秋天，R 夫人过九十岁生日，她对大家说，活着像做诗，久了，没了诗意。

她说……

这是去天堂前的一段暗路。豆粒大的烛光，燃着，可怜的光亮，就等着风吹灭它。风知道你等它，就是不来，迟迟不来。

我们都知道，它总有一天要来。

就像跟死神遥遥相望，你往前，它就后退；你后退，它就往前；你敞开怀抱，闭上眼睛，它便躲到你看不见的地方了。

我耐心越来越少，活着需要很大的耐心……

所有的蛋糕都没有滋味了，所有的咖啡都变得太苦。每天醒来，疼痛向我道早安；晚上入睡前发现，又是一天，没说话，没跟任何人说过一句话。

什么都没有了，没有音乐会，没有歌剧，没有话剧，没有电影，没有展览，没有聚会，没有 shopping……除了偶尔坐一下救护车，我什么车都不坐了，因为我哪儿都不用去了……我的世界缩成了牢房的大小。

四壁都是书，像我的预备棺材。我坐在它们中间很舒服……有时我想，以后躺在棺材里会更舒服。晚上，我坐在沙发上，开着落地灯，打开一本书放到腿上，闭上眼睛读它。

每个字母都有星星的光芒，我能听见它们在我眼睛里闪烁的声音，很远，很清晰……

什么人按门铃，我都开门。有人说，这很危险，也许会碰上强盗。除了邮递员和我的邻居，我没碰上过别的人。邮递员把邻居的邮件寄放到我这里。白天，这个小楼里只有一个人在家，那个人是我。

晚上，我不再和丈夫出去散步。因为他已经死了，因为我的脚步飘忽了。我的眼睛模模糊糊，但照镜子，还是看得清，鬼的样子。我到处摆着自己的照片，要知道自己的样子，就看照片。镜子里只有鬼的样子。

看照片我能明白，为什么死神那么耐心地等着我，因为我漂亮。

我做过杂志的封面模特，我从未染过头发，从未吃过减肥药，从未隆过胸……我是一个真正的美人儿！

参加 R 夫人的葬礼，心情好过参加一个婚礼。

满头璀璨的银发，白皙的面庞，纤细枯瘦的双手交叉合在胸前，要不是脸上手上几个淡淡的老人斑压住她，她轻盈得仿佛可以飘浮。从墓园返家的林荫路上，一群鸽子悠然地在路上，踩着太阳的光斑，左右顾盼，觅食。我坐在车里，熄了火……眼前的光影，光影中的静谧，几乎让我笃信，假如真有此岸彼岸，这条薄雾弥漫的林中小路上，定是那两岸上的小桥……

……一个可以同时抚摸生死的地方。

别人的故事：

难得一死

　　她呼号着,被推进肿瘤病房的长廊,凄惨甚过挨屠宰的动物。
她求的,是,死。

　　"大夫,拉倒吧,我不要了,我不要了……大夫,让我死了
吧,求求你们……大夫……"

　　推她来的几个人和大夫一样,像是没听见她的叫声,更像
不想听见。

　　不要落进悲伤,痛不欲生的哀鸣中,人的无能,让人失了
人的样子。

　　我还记得那天病房走廊上的阳光,十分寂寥,带出了霍普
画中的氛围:阳光和阴影势不两立地对峙着,没有过渡色,没
有调和,如生死一般分明。

　　我再次经过她的病房时,医生已经成功地控制了她的呼号。
监控、氧气和四个滴流拴住了她。她瘦小的身体蜷缩在床上,

微微呜咽，偶尔带出一句：

"让我死吧！"

她七十九岁，肝癌患者。

第一个来到走廊尽头抽烟的是她的儿子。他说，我们家四个孩子，他一个人说的不算。哎，儿女不让父母死的原因很多，很复杂……太遭罪了，抢救过来，也治不好……

第二个来抽烟的中年妇女，是妹妹。她告诉哥哥，好多了，不喊了，平静下来了。

第三个是另一个妹妹，她过来没抽烟也没说话，一个人哭了。她说，太遭罪了，已经十多次了，但愿这是最后一次。

"那我们也不能杀她啊？！"抽烟的妹妹坚定地说。

那天夜里，这个脸色蜡黄皮包骨的老太太再次呼号。

"哎呀妈呀，我的妈呀，不要了，大夫，老天睁眼，算了吧，算了吧，求求你们……操你妈啊，算了吧！"

她心里一定无比清楚，自己的处境。耗尽她仅有气力的呼号中，一句没提儿女，都喊给了大夫。

在家她一定求过儿女；到了医院，她以为大夫是仁慈的。

她的亲人们安抚她。好了好了，过一会儿就好了。

她说，我喘不过气。

他们抚摸她的胸口，仍然说，过一会儿就好了。

如果一个人的愿望是死，谁能让他如愿以偿呢。

求死的愿望，可以不予理睬。

钱花到了，办法都试过并证明全无效，方可以死去。让继续活着的人心安理得，这是成为死者前，还要履行的一小份儿"责任"。

"当死亡是最大的危险时，人希望生；但当人认识到更恐怖的危险时，他希望死。所以，当危险如此之大，以至于死亡成为人的希望时，绝望就是那求死不得的无望。"（选自索伦·克尔凯郭尔《致死的疾病》）

我母亲出院的第二天，结算住院费时，我遇见老太太的两个女儿。她们也在结账，准备丧事。回家的路上，我对着路边的一棵大树说，谢天谢地，她终于死去了。

舅舅

（三）

于是,舅舅的爱情必须从他不能生育开始。他的学识,相貌,心地都被这片乌云笼罩了。

舅舅的遗物中, 有几张照片, 是一个梳辫子的女人, 眉清目秀。她应该是舅舅爱过的那个女人。这个女人是护士。关于这场爱情, 我只知道, 他们分居两地, 舅舅每个月给这个女人寄钱, 两年过去, 舅舅要求她结婚时, 她领着三个孩子一同到来。她是一个结着婚的女人。

有一次, 我们一起喝酒, 说起他的过去, 我第一次问他,他爱过的那个女人, 是不是一个骗子。舅舅大笑起来, 之后,他微笑的目光仿佛落入了往事的尘埃中。最后, 他喝了一口酒,说:我有啥好骗的?!

这个照片上的女人，大眼睛厚嘴唇，长得十分端庄，美丽，不像骗子。

疾病，是舅舅推了一辈子的西西弗斯巨石。他的女人因此也都和医院有关。除了不孕，他年轻时得了严重的肺结核。他的第一个妻子便是他的病友。他们住在疗养院里，她的病比舅舅的病稍微轻些。舅舅描述过的那个疗养院，在我的记忆中，它经常和托马斯·曼的《魔山》混淆。病人集中的地方，氛围都是相似的，故事也是相似的，疾病统一了他们的心态。

舅舅和第一位舅母，出院后结婚，婚后没多久，这位舅母死于肺结核。她是一个瘦弱、安静的女人，面相悲苦。

舅舅的肺，从那时起，逐渐变成了一个奇迹。

他一直抽烟，每天几包，晚年的独自生活中，每天六包，持续了很多年。那些年里，他很少咳嗽，最后一次发生咳嗽时，他忽然不想抽烟了，一天最多能抽一盒。他的一位老朋友给我打电话，她说，你舅不想抽烟了，你来一趟吧，估计他寿数到了。

他的死，与肺没关系。

舅舅的肺，估计是钛合金的。

第二个舅母长得很漂亮，带着两个孩子嫁给舅舅。她是口腔医院做假牙的技师，六十岁死于纤维肺。他们一起生活了十几年，后期处于分居状态。

舅母去世后，女儿把她和前夫合葬一处。舅舅过世，女儿也把他和他的前妻合葬一处。她跟我说，这是老规矩。我点点头，没什么好说的。

舅舅一辈子没在规矩之中，最后被规矩了，算是命吧。

舅舅活了七十七年，大部分时间，他是独自一人生活，也是孤独的。

烟，是他的伴侣，但没有陪到最后。去世前，他完全不抽烟了。写到这里，偶然看到朋友的这首诗。它触动了我，似乎把我咽下的感情轻轻说出来了。

这个地图上的城市，草没有一刻不在长
雨落在阴湿的街道砸出水花
唱片在转，我在窗户的外面或里面
穿一身褪色的衣服数着乌鸦

别人的故事：

护工

有一天晚上，大雨滂沱，傍晚像深夜那么黑暗，因为被雨淋湿了，我在病房看见她时，还有些心神不宁。

她瘦瘦的，齐耳短发像害怕似的贴着她的脑袋。她长得像一个好妻子，洁净，干活麻利，颇有心计但无恶意，令人情不自禁地去想象，一个并不富裕却无比温馨的工人家庭。

她对我笑笑，招呼我在门口的木椅上坐下，她站在窗台和病床中间的空当里。她一笑，杏仁眼里和薄嘴唇间残留的几分单纯，与她的皱纹交相辉映，给人留下亲切的印象。

你想知道什么？她问我。

我看看病床上的患者，一个七十多岁瘦骨嶙峋的老头儿，他正瞪着大眼睛看着我。

家里有病人，想知道怎么护理比较好。吴大夫说你是这里最好的护工，来学习学习。

第一条是注意褥疮……

她说着掀开患者的被子，露出他木乃伊一样的肢体。她正

159

要打开他的尿片，被我拦住了。

这不太好吧……我们当着他面儿这么……

她说，嗨，这你可不用担心，他啥也不知道！

她用手掌在老头儿脸前晃了两下，老头儿依旧瞪着大眼睛，表情没有任何变化。

他这样躺几年了？

快六年了。

开饭了，她拿着饭盒去走廊打饭。

饭菜的味道混合着福尔马林和厕所味道，混浊温暖，我在雨中一直紧绷的神经一点点松开了。窗台上，她种的水仙和地瓜花嫩绿嫩绿的，种花的罐头瓶子旁边摆着几瓶酱菜辣酱之类的佐餐食品。

她把饭菜放到窗旁的小柜子上，一部分倒进柜子上的打碎机，打成流食，给病人鼻饲。她摆弄着病人的头，找到最佳的鼻饲头位，她的手一定是温暖的，病人的脸上似乎出现了舒适的表情。之后，她用温水润湿了一条用纱布缝制的小手帕，给病人擦擦脸。我让她先吃饭，我们可以边吃边聊。她说，她不饿，整天待着不动，不觉得饿。

地瓜叶能吃吗？我问她。

她说，能吃，是败火的。

窗外的雨忽然停了，她把一扇窗户开道小缝儿，雨后清新的空气闯进来，病房的混浊被顶回了走廊。

你照顾得真好。我说。

她点点头说，你说这老头儿明白吧，他又不明白；你说他不明白吧，他也明白。去年，跟他女儿闹了点儿矛盾，我不干回家了。这老头儿连着发烧，还流眼泪了。她女儿去我们那儿把我找回来，加了工资还道歉了。我一想，人，得饶人处且饶人，就回来了。我一回来，老头儿就不发烧，也不流泪了。

他家里人来看他吗？

他女儿每周来一次，看看缺什么东西。

我看着柜子旁边的毛巾和抹布，干干净净地晾在那里，病床下摆着两双擦得锃亮的女式皮鞋和一张行军床。她的被褥整齐地叠在门口的壁柜里，关不严的对开门用一截蓝色的缎带系着。

你把这里弄得像家似的……

她听我这么说，不好意思地笑笑。

她说，儿女都成家立业了，我一个人在哪儿哪儿就是家了。

老伴儿……

早离了。

她说着，把病床上的老头儿翻过去仰卧，给他调好枕头的

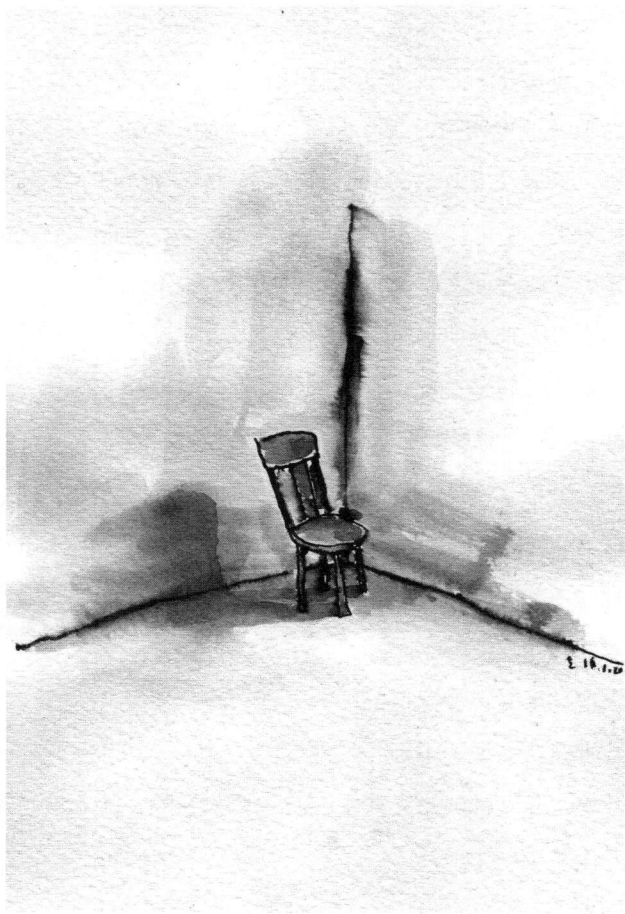

高度，拽好被子。于是，老头儿瞪着大眼睛看天花板，像一个听话的大男孩儿。

这老爷子可不是一般人，过去是大学校长，专门研究历史的，他家里到处都是书。

他老伴儿去世了？

去世好多年了。

我在心里想，他用疾病迎娶了这个护工。

你老伴儿是做什么的？

打人的。

我笑了，她也笑了。

她说，他啥也不会干，除了打老婆。

她说着，扭亮了老头儿的床头灯和窗台上的一个小台灯。她征求我的同意后，关了病房里的灯管儿。

灯管儿晃他眼睛，不舒服。

她说完，我起身告辞。她送我到电梯，电梯的铃声响了之后，她对我说：

我也姓吴。吴大夫有我的电话。你们家要是需要雇人，让吴大夫告诉我。

你能离开这个校长吗？

她笑了，笑意中有几分羞怯。她说，老头儿活着的话，她会一直伺候下去。

我点头赞同。

可谁知道，老头儿还能活多久……

电梯来了，我向她表示谢意。她说，不要谢，正经事儿都没好好说……

雨后的清冷中，我步行回家，想着这个姓吴的、散发温暖气息的女人，还有那个瞪着大眼睛啥也不知道的老头儿。有了这个护工，这个老校长也许会多活几年……假如他去世了，我想，她会比老头儿的女儿更难过。

习惯，摩擦出的人间温暖，把逼近的末日变得柔和了。

别人的故事：

物理学家之死

　　楚家的爸爸坐在沙发上看报纸，空气里飘着银色的灰尘，宁静的落地灯照着他二十年来平静如水的生活，又是一个阴暗的下午，还有七天，他将满八十岁。

　　这会儿，他被一则物理学界的新闻吸引住：欧洲核子中心发现了一颗与希格斯玻色子一致的新粒子，这一发现非常可能证明希格斯玻色子的假想。这个自旋为零、靠相互作用获得质量的小东西，被称为"上帝粒子"，它对人类了解宇宙的形成极有帮助……

　　这时，落地灯灭了……

　　他看看邻居窗口的灯光，便知道又是自己家的保险丝断了。

　　他走进厨房，看见老伴儿同时开着的几个炖锅都停止了工作。

　　吃各种炖品为了更长久地打麻将，这是他无法理解的人生。

　　楚爸爸是一个矮小的老头。一个矮小的人比一个高大的人更爱使用梯子。他们因此认为，他们更会驾驭梯子，是更优秀的梯子的使用者。正是因为这个缘故,楚爸爸的家人——老伴儿,儿子,女儿等——都禁止他使用梯子,特别强调,绝不能独自爬到梯子上。

但楚爸爸认为,梯子有梦的特性,做梦不能两个人一起坐,使用梯子也是一个人的事情。

今天他从各种滥新闻的缝隙里看见这条物理学界的消息,俨如在人间听见了天国的声音,孤寂的心苏醒了。

孤寂的心一旦苏醒,就会产生自由的冲动。

楚爸爸搬来梯子,想重新接好保险丝。他站在梯子上打开电表盒子之前,脑海里冒出两个念头:接上电后,把那些电炖锅都拔下来;晚饭要是能喝西格玻斯色子粥就好了。

一个老人站到梯子上,会发生各种意外。楚爸爸的家人列举出的几种例外,比如摔破了头,某些部位骨折,摔昏迷,摔到什么东西上等等,都没在楚爸爸身上发生。

他们忌讳说出摔死这种可能性,好像不说出来,这可能性就没有了。

楚爸爸登上梯子后,可能有些眩晕;他打开电表盒的一刻里,他可能脑缺血,可能脑出血,可能血压升高……假如发生了摔死的意外……接着,就会被火化,安葬到早已买好的墓地里。他的名字会用黑色刻出来,前面加上慈父二字。他名字的旁边是妻子红色的名字，这红色的名字等待着她的死亡。楚爸爸的家人在他下葬后的聚餐上，会谈到他的死和他的不该死。假如不是那个梯子，他说不定还能活很多年，毕竟出生于一个有长寿基因的家族。

最值得一提的可能性是，楚爸爸的儿女终于称他为物理学家了。这之前，他们总跟他开玩笑，认为一个大学物理教授还不等于一个物理学家。楚爸爸知道孩子在跟他开玩笑，所以也不能认真对他们说，他不喜欢这样的玩笑。他活着时，他们一直不愿意给他的赞誉，现在一股脑儿投给他的坟墓，剩下也派不上别的用场。

楚爸爸真的死了。

他的死既和梯子有关，也与血压心脑血管儿以及物理学界的最新发现有关。一个人的死所关联的各种可能性，和夜空中的星星一样浩瀚。一个人的死所包含的秩序程序，和一个航天飞机一样复杂。这是令人敬畏的。

两年后，楚妈妈患上了老年痴呆症。她不再出门，总是坐在丈夫生前喜欢坐的那个沙发上，看星星，无论白天黑夜。

妈，没有星星，不要看了。

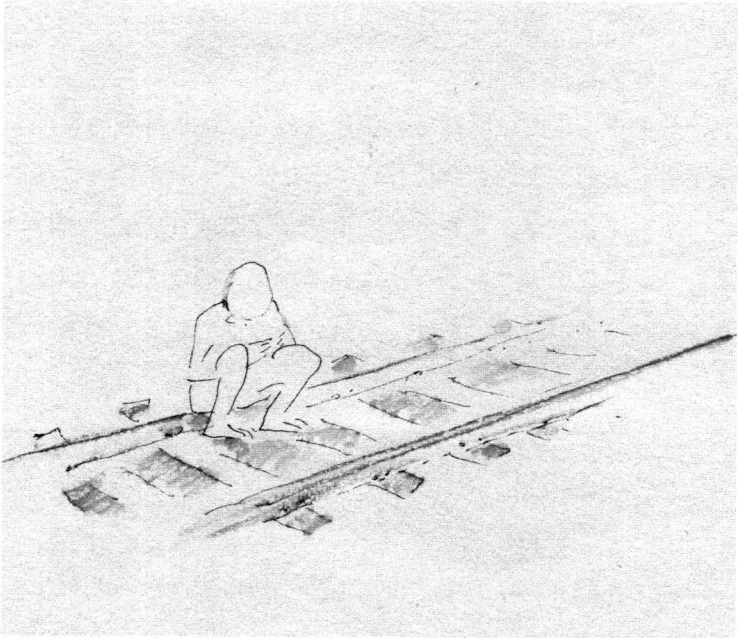

谁说没有星星？星星就在我看不见的那里。

她的儿女惊诧不已：一个喜欢打麻将的妈妈，一个喜欢煲养生汤的妈妈，被医生确诊为老年痴呆后，却心系星空，完全忘记了麻将和煲汤。他们对母亲病后的变化，百思不得其解，完全没想过宇宙这回事，连偶尔仰头望望星空这样的事情，他们也早就不做了……

宇宙的视野下，生死无痕。微小、天空下自在飞舞的银色灰尘、上帝的粒子、呼吸、楚爸爸之死……忽略出一片美丽的虚无。

方生方死，方死方生。

舅舅

（四）

独自生活，像是自愿的，究其根本，也许没那么自愿，像是某种原罪，仿佛独自生活曾是某种选择的代价，是独自生活的人必须承担的后果。许多独自生活的人并不记得选择的时刻，但也甘心承受了。

独自的生活，怎样都是挣扎的。需要坚强甚至坚毅，要掩饰挣扎，还要掩饰这掩饰那。

我不能把舅舅每天抽六包烟和他的独自、与他的孤独联系起来。我无意否定它们之间的关联，但这的确是两件事。我独自生活过，我知道，独自生活中，每件事的独立性是独立生活得以持续的保障，否则很容易发疯。

导致舅舅独自生活的原因，从来就不是很清楚，现在更没必要理清。他一生中似乎从未做出过"正确"的决定，姥爷为他做出的那次错误决定简直就是一个开始，舅舅不由自主地重复某些错误，这样的命运我没在别处见过。

从北大荒活过来，舅舅先后在 C 市当过大学老师，教俄语，后来是俄国文学，最后调入省社科院文学所，直至退休。这份履历上，不乏我替他想象过的世俗幸福的可能性，但他另有"任务"。

90 年代，他忽然对佛教和人体特异功能感兴趣，非常沉浸，成立了 C 市的特异功能协会，任会长。他自费出书，其中一本叫《无心功》，至今还在我的书架上。《无心功》强调无我，无心，无执……但并未妨碍他对特异和反物质等神秘事物的执着。

他去世的前一年，我去看他，他跟我说起未来灾难的那一刻里，我甚至觉得他与我隔着不同的维度。

他把两千块钱缝在裤子里，告诉我，枕头旁边的黑皮包里还有四千。我问他何用，他说，会有灾难，尤其是美国的黄石公园区域。我笑了。

他说，灾难来时，取款机将会失灵。

我当时的感觉是，他老了，而且开始糊涂……

舅舅去世后，我才听到关于黄石公园的超级火山的说法。

据说，黄石公园有几千座超级火山，它们的喷发能力比普通火山强上千倍。假如黄石公园的超级火山喷发，火山灰将覆盖美国绝大部分，几十亿吨的二氧化硫将充满大气层，阻隔太阳的照射，全球温度急剧下降，地球将进入长期的酷寒期……黄石公园的超级火山在过去的二百一十万年里，喷发过三次，平均每六十多万年喷发一次，现在已经六十四万年没有喷发……这意味着它的休眠期已经结束……

舅舅准备的现金，也许被他的继女用来买棺材了。

荣格说，拥有一种秘密，一种对未知事物的预知性是很重要的。它使生活充满了某种非人格化的东西，充满了神秘。一个人要是从未体验过它便等于错过了某种重要的事。

"在某种程度上，我能觉察到看不见处正在发生着的过程，而这便赋予了我一种内心的确然性。"[1]这种"内心确然性"丰富了荣格的人生；却把舅舅的孤独变成了双重的。

他脱离自己的专业去研究特异功能，把自己悬吊在世俗和他想进入的那个世界之间。他也许能够感知墙那边的事情，或

---

[1] 选自《荣格自传》。

许还可以预知某些隐秘的事情，但他无法穿过那堵墙，他周围那个特异小圈子里，更看重的是实际的穿墙术。他无法用功夫证明，他所感知的。可以说，这种愚见和他对特异的笃信，断送了他的内心平静。

他在日记中写道：

……我认识了特异！……值得我为她去死。我为她失去了五套房子，走南闯北，游遍大中国！……最令我伤心难过的是，被一个臭无赖讹得玩命儿！为保大局，我下跪了，还被讥讽！……"文革"中，我被打成苏联间谍，我都没跪下求饶！

为特异，我豁出一切了！

超人，蜘蛛侠，蝙蝠侠等，都是特异人的表现！人类需要超人的帮助！反对特异的，没有好下场！

悟：一切都不要怕！一切都是心造的！

…………

夜，两点一刻，梦醒，沙发上。梦：大事变！换冬装！忙乱！疯！傻！坦荡逍遥，自由自在。定不住，不出特异！忍！开资后，再定戒烟的日子！还得等六天。

舅舅去世前几年，曾把一批藏书给我，其中除了文学作品，有很多心理学著作，荣格的最多。他读了荣格，在荣格的书里画过道道，实际上却与荣格擦肩而过。他自费出版的另一本书就是关于灵魂转世的。他认为，灵魂不死，为此，他提出了许多"实例"作为论据，从中国到印度，从东方到西方，可惜，这些论据本身也需要被证明……他完全没有受到荣格睿智的启发："虽然没有方法展示灵魂在死后继续存在的有效证据，但是，各种经历会令我们加以思考。我视其为启示，不想擅自将各种顿悟的意义强加于它们。"①

从对神秘的感知，到有关神秘的理论，荣格梦幻般地阐述了它们，远离了证明的陷阱，从中获得了巨大的安慰。舅舅一直到死，都没有发现这条路，晚年，他变得更偏执，焦虑的沼泽一点点吞噬他。

在去世前一年的日记中，他写道：

　　意念是一道波率，鬼神是无形的导体。

　　你的思想，意念，天地鬼神都知道！

----

① 选自《荣格自传》。

别人的故事：

活到一起死去

很久以前，一个初夏的正午，阳光照耀着辽阔的麦田，微风轻拂，麦苗涌起绿波，舒尔茨一家人放下锄头，准备回家吃午饭。

伊达看见，麦田那边走过来的一家人。

他们姓诺德霍夫，是刚从波兰过来的难民。

伊达的爸爸看见，他们的儿子托姆即强壮又英俊，便请他们一起吃午饭，帮助诺德霍夫一家人居留下来。

伊达十五岁，托姆也是十五岁。

伊达看着托姆的眼睛，像是看到了碧蓝的海水；托姆看着伊达的红脸蛋，像是看到了两个太阳……从此以后，他们再也没分开过，哪怕一天。伊达和托姆成了夫妻。

如今，他们依然住在那片麦田的旁边，麦田变成了草地，和他们房前的草地连成了一片，起伏延伸到视线尽头的森林里。森林里，白桦树下松软的泥土是他们最初的婚床。

伊达和托姆生了两个儿子，儿子长大离开了家乡。

伊达和托姆送走了舒尔茨和诺德霍夫两家所有的老人，他们自己也老了。

有一天，托姆中风了，他的左半边儿不那么听使唤了，伊达便成了他的左手。他们一起做所有托姆无法用一只手做的事情。

又有一天，托姆发现伊达做菜时，放了三遍盐；伊达起身去拿牛奶，拿回来的却是咖啡……医生说伊达的右脑出了问题，记不住正在发生的事情，托姆便成了伊达的右脑。伊达做饭，托姆在旁边告诉她放了什么，还要放什么。伊达做完饭，托姆检查炉具有没有关好。伊达开灯，托姆关灯……

伊达和托姆在一起的时间更多了，从之前的每天变成每小时，每分钟。伊达说了上半句话，托姆替她说出她忘记的下半句；伊达总是很高兴，因为托姆说出来的正是她想说的。托姆同样高兴，因为伊达总能看见他正要拿起的东西，而且从来不忘，过来帮助他。

医生说，也许有一天，伊达会认不出托姆是谁。托姆跟医生打赌说，这一天不会来。托姆相信，只要伊达认识自己，也会认得他，因为他就是伊达。

不认识自己的人，托姆还没见过。再说，人不用认识自己，也能跟自己活一辈子。

春天，伊达和托姆刚刚过了八十岁生日。六十五年，两万三千多天，五十六万多个小时，冬夏春秋，花开花落，幸福或病痛，上帝用时间把他们融合了。

秋天来了，托姆领着伊达在园子里摘最后的果实。覆盆子，欧洲越橘，鹅莓，李子……他们把水果做成果酱，留着冬天吃。伊达坐在樱桃树下，给每个果酱瓶子贴上标签，再写上果酱的制作时间。托姆用一只手拿着蛋糕和咖啡的托盘走过来，他给伊达斟上咖啡，看见伊达写的果酱制作时间是——1951年。

托姆笑了。他说，这果酱一定很甜。

伊达也笑了。她说，吃的时候就知道了。

午后的阳光一点点移动着，从他们的肩膀移到了他们的腿上，然后一点点离开了他们和他们的园子。一颗没有摘下的枯萎的樱桃落到了托姆的帽子上，伊达笑着替托姆拿下枯萎的樱桃，扔到李子树下。

伊达说，秋天的太阳，不照在身上，就不暖和。

托姆说，我们进屋吧。

伊达说，好的。托姆，我们肯定会一起死去。

托姆说，谁告诉你的？

伊达说，上帝。

在伊达和托姆一前一后，穿过园子，穿过芸豆架，穿过房门前的葡萄架，走回屋里的路上，托姆忽然明白了，伊达为什么在果酱瓶子上写了 1951 年。那是他们十五岁的那一年。

托姆高兴，用右手搂住了伊达的肩头，仔细看着伊达的脸。托姆在伊达的脸上又看到了两个太阳，它们和落日一样红一样静，宁静中隐隐闪着金光。

我们去哪儿？伊达忽然问托姆。

托姆摇摇头。他说，我们哪儿也不去。

伊达说，对，我们哪儿也不去。

伊达和托姆的生日相差五天。他们的孩子和村里人都相信，他们会一同离开。而那一天，已经变成了村里人心里的节日。

别人的故事：

对话练习

闻姨是一个不高兴的人。

她好像有一个看不见的伤口，别人不知道它在哪里，却总能碰到。

闻姨七十五岁那年的长相，会被认为只有六十五岁。

她的眼睛和嘴微薄细长，鼻子尖而高，白净的脸上几乎没有皱纹，一张鸟形脸，可惜，她不像鸟那么幸福。她下垂的嘴角眼角，执意要给人留下一个悲苦的印象。她的脸上写着她内心的纠结：她是个有主张的女人，但不快乐。越有主张越不快乐，越不快乐越有主张。

她和丈夫住在十五年前的高档社区里。十五年前，当小区还算高档时，她不高兴，因为房子是姑爷的。十五年后，小区破败了，在周围新楼群的衬托下显得寒碜，她也不高兴。十年来，她一直雇用保姆，一直保持着更换保姆的最高纪录：所有的保姆都让她不高兴。

——所以，她想找一个男保姆。

有一天，一个名叫吴刚的男保姆到她家面试。

吴刚按门铃。好久没有应答。吴刚要离开时，里面问：

"谁啊？"

"保姆。"

"听声音像是个男的。"

"我是男的。您不是想找个男保姆吗？"

"你往后站站。"

吴刚退后两步，闻姨从门镜里打量吴刚。

吴刚不胖，身高不到一米七，长得像男圣母，有当好保姆的气质。

吴刚进门，熟练地打开鞋柜，刚要换鞋，被闻姨以交警般果断的手势拦住：

"麻烦你就站在那儿，那是我们家的非消毒区。"

"什么意思啊？我没有什么要消毒的病啊。"

"等到有病再消毒就晚了。"

这时，门铃又响了。

吴刚以熟练保姆的风范，回身把门打开了。

闻姨丈夫刘叔进来。

他换鞋时，闻姨走过来，拿着一个小喷壶，不停地对刘叔喷。

吴刚吓得往后退，消毒水的气味呛得他直咳嗽。

"行了，别喷了，烦死了。"刘叔很不耐烦。闻姨并不就此罢手，继续喷刘叔的身后。

"没听说过人能被烦死，但要是不消毒，得上病，这年头，得上病就完。医院管收钱，它管治病吗？"

吴刚继续干咳几声，闻姨立刻警觉，审视吴刚的脸，好像他隐瞒了什么病情。

"我一紧张就容易咳嗽，没有什么器质性病变。"

闻姨打开门口的衣柜，拿出刘叔的家居服。换上衣服的刘叔，像刑满释放人员一样，放松地走进客厅，坐到餐桌旁的椅子上，摊开报纸。报纸也被喷上了消毒水，有些版面湿漉漉软塌塌的。

"真是抱歉，没你的干净衣服，也不能让你进来坐。我们就这么短暂地交流一下吧。"

"你会干什么啊？"

"什么都会。"

"东北人吧？"闻姨有些不屑。她是北京人，"文革"流落到东北，至今蔑视东北，大有居住到死，绝不同流合污的气概。"一听就是，只有东北人才这么说话，大包大揽的，听起来跟什么都不会没啥区别。"

"我要是说什么都不会，您高兴啊？"

"一看你就是年轻沉不住气。我听中介说了，不然能让你来吗？我这么说话，是想试试你的心理素质，能不能跟老年人打交道。老人跟年轻人不同，比较传统比较固执，毕竟见过世面嘛！"

"您能长话短说吗？"

"长话短说就是不包午饭。"

吴刚和正在看报纸的刘叔同时愣住了。

刘叔拿着报纸，看看老伴，又看看吴刚，好像报纸上刚登了一条跟午饭有关的法规。

"可是中介说……"

"是那么说过，可我改主意了，但我给你加五十块钱。"

"一天……"吴刚话说一半，吞回，改为，"一周啊？"

"一个月。"

"一个月按三十天算，扣除四个休息日，四七二十八，四六……"

"每顿饭合一块九毛二。"刘叔先说出了计算结果。他曾是会计。

"这钱，连碗面条都买不了。"

"这钱过去够一个人吃两个礼拜的。"

"那是，过去我也不用给您当保姆啊。"

"那你中午非得吃饭啊？"

"像他这体格，一顿不吃，腰就塌了。"刘叔插话，被闻姨瞪

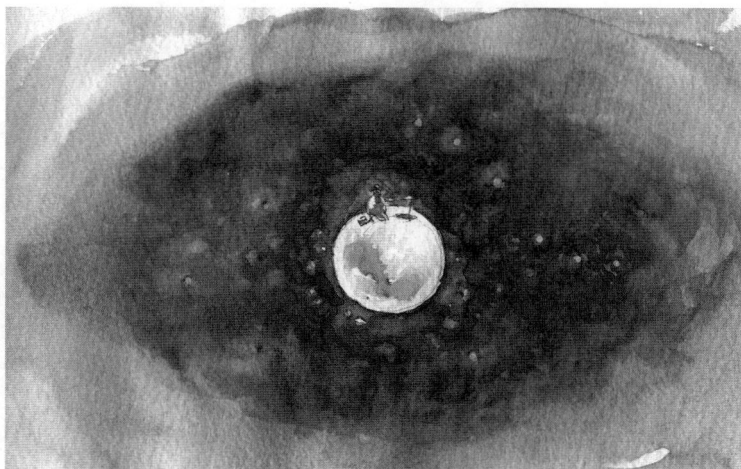

了一眼。

"我不挑，你们吃剩的都行。"

"我们吃饭，一般都不剩。"

"绿蚁一号降价了。"刘叔说。

"我早就说了，那不是什么好药。吃了半个月，一点效果都没有。"

"你太性急，哪有营养药吃半个月有效的？"

"您二位先看看我这事怎么解决，然后再讨论药效吧。"

"你对保健药品怎么看？"

"信则灵，不信则不灵。前提是得有闲钱儿。"

闻姨录用了吴刚。她不仅同意吴刚跟他们一起吃饭，逐渐还和吴刚成了朋友。有一次，她居然问吴刚的老婆是不是嫦娥，已经开始暖和的幽默了。

"闻姨，你的生活多好啊，什么都不缺，连幽默感都没缺。女儿、女婿孝顺，您怎么能不高兴呢？"

对此，闻姨只回答了一个"哼"！

又有一天，闻姨在客厅里收拾抽屉里的旧东西。刘叔在念报纸。吴刚在做韭菜馅饺子。

"松檀茶，降血脂，降血压，一个星期内无效退款。没有任何副作用，对糖尿病患者也有疗效。"

"多少钱一盒？"闻姨问。

"五十块钱一盒，一盒可以喝五天。"

"一天才合十块钱，肯定好不了。好药不便宜，便宜没好药。"

"什么逻辑呢！止疼片还便宜呢，是不是好药？有过临床检验的，才是好药。"

"那什么茶有临床检验吗？"

"怎么没有，这上面写着哪，经过一万八千多患者服用，均有疗效，其中……"

"那上面写什么你都信啊？还一万八千人，这个数就不像是真的。"

"这还有个治疗鼻炎的新方法。"刘叔知趣地转了话题。

"什么方法？"

"手术治疗。"

"不行。你还是喷药或者吃药治吧。效果不好，还可以换药，手术好了行，不好，你就没鼻子了。"

"还没鼻子了，按你说这报纸上都是骗人的？"

"有鼻子治坏了，也变摆设了。那报纸上倒不是全是骗人的，但得有辨识能力。这能力你没有，所以肯定上当。"

"我怎么没有辨识能力？我要是没有，你有啊？"

"我当然有。"

"那你怎么就知道我没有呢？！"

"因为你买什么都图便宜，属于最容易被不法商贩利用的人群。"

刘叔虽然鼻子有毛病，但对厨房传出来的气味总是最敏感的。

"小吴，你在煮什么？太难闻了。"

"是我煮的毛巾。"

"我看你精神不好，毛巾你煮它干吗？"

"不煮能消毒吗！要不是我什么都煮，都消毒，说不定你我都活不到今天。现在外面多脏啊，什么都是污染，连下的雨里都含硫酸。"

"净他妈的瞎说。还下雨含硫酸，你咋不说，下雨含敌敌畏呢！"

"不是硫酸雨，是酸雨，你没听说这个词儿？酸雨危害老大了，国外都有报道。"

"挪威枪击事件，死了九十多人。什么人这么狠心。"刘叔继续读报纸。

"前两天电视报的高速公路车祸，一百来辆车撞到一块儿去了，死了好几十。"

"哪儿啊，我咋没听说呢？"

"你听没听说，耽误啥啊。现在报纸最后一版，叫死亡版，必须死人。"

"怎么死，这人也不见少。"

"前天隔壁大院的老白头死了，告诉你没？"

"告诉我干吗，我又不认识他。"

"我还以为哪儿死人都得通知你一声呢。"

"通知我干吗，我又不是火葬场。"

"把报纸给我，什么都是可着你先来。这早报到我手也成午报了。"

"你不是刚买完那小脑萎缩的药吗？我还以为你想买药时才看报呢！"

"什么刚买，我都吃了十二天了，根本没疗效。"

"那你也得吃完再买新药啊！"

"凭什么！吃药又不是吃饭，吃了没疗效，就必须得换。不换等于慢性自杀。"

"你就是败家。上回你买那药，花了四百多，你挣多钱啊，这不是祸祸钱玩儿吗？！"

"你少管我，又没花你的钱。"

"你这败家娘们！看见你我就气不打一处来。那女儿给你的钱就不是钱吗？她挣钱容易吗？！"

"那就滚，别看我。看谁好找谁去。这个家不缺你。"

刘叔真生气了，哆哆嗦嗦地换鞋，要出门。

"你去哪儿？"

"去死！"

闻姨不爱刘叔，因为她希望刘叔是另外一个男人。可惜刘叔只是刘叔，时间越久，刘叔越是刘叔，不停地增加着闻姨的失望。但刘叔爱闻姨，闻姨就是他希望的那个女人，所以他能忍受闻姨的一切。

立春后的一天，闻姨因为总拉肚子，去体检，结果吓坏了大家，她得了晚期肝癌。

闻姨立刻被收留住院。

刘叔一个人从医院回来，进门换鞋，主动拿喷壶喷自己，空荡寂寥的客厅里，唯有消毒水的气味可以安慰他。

吴刚来了，刘叔吩咐了要做的饭菜。吴刚安慰刘叔，刘叔泪如雨下。

"你听听收音机吧。"刘叔建议吴刚。

收音机里传出诗朗诵：

从你屋外走过，我送上一个祈祷，仿佛你已经在里面死去……

"换个台。"

"我国今年粮食产量比预计增收，号称东北粮仓的黑龙江，今年水稻……"

"换！"

"是贾大夫吗？"

"你好，大娘，我是夏大夫。"

"就听这个台吧。"

"哎呀妈，俺可没想到这电话这么难打啊，打了半个多点儿，还以为……"

"大娘，你吃这药的疗效如何啊？"

"啊对了，我正要说这个呢。你还别说，这药可真不是假药，我一吃下去，上楼噌噌的，腿也不抖了，气也不短了。过去可不行，上一楼我都喘。"

"大娘，你家住几楼啊？"

"二楼。过去上一楼……"

"大娘……"

"你听我说，那一楼不也有三四磴台阶嘛！"老太太的口气似乎在责备夏大夫对她应变能力的不信任。

"……那我都不行。从打吃了这药，血压不高了，血……血，这岁数，记忆力不行了，血……对，血脂也不高了。说到底吧，这药就是好啊。"

"大娘，恭喜你获得这么好的疗效。"

"不用恭喜，我打电话，是想给我老伴儿也买两盒。"

"你老伴儿啥病啊？"

"他心脏不好，还有糖尿病……"

"那没问题，他吃这个药也会有效果的，你去……"

"夏大夫，我还忘了说，他还有点儿精神病，能吃不？"

"没问题，他别的病症有缓解，精神病自然就会缓解。"

"哎，说得有道理啊，你真是有能耐啊，夏大夫。"

"大娘，现在所有药店，我们都在搞促销，买五赠一……"

刘叔号啕大哭……

有主张的闻姨终于了解了自己的病情，坚决要求出院，放弃所有的治疗。

她出院的那天中午，刘叔让吴刚做了丰盛的午饭。闻姨进门便示意丈夫拿出消毒喷壶。

"等会儿一起喷吧，这玩意儿味道太烈，呛人。"刘叔拿着喷壶，和颜悦色地哄劝，有着健康人对重症患者的无限同情。"先吃饭。"

"你先把饭盖上，从医院出来，不消毒怎么吃饭？！"

刘叔用报纸盖住了桌上的饭菜。

"你拿些废报纸来，从这儿一直铺到卫生间，等我走进去，你就把报纸卷起来，直接扔到垃圾箱去，回来你立刻喷喷手什么的。"

闻姨踩上报纸的小路，一边走一边脱衣服，外衣外裤，毛衣等等,走到卫生间门口,脱得只剩衬衣衬裤了。这时,她回头,看见丈夫弯腰把她脱下的衣服捡到报纸旁边,然后卷起报纸……顿时气得浑身发抖,一说话,带出了眼泪……

"你这是干什么啊？你……你怎么这样啊？我都这样了,你不跟我对着干,一次也不行吗？你这不是要逼我死吗？"

"你怎么了？我不是照你说的做了吗？！"

"那衣服要是还能要,我用一边走一边儿脱吗？！"

"什么,这好好的衣服,说扔就扔了？"

"你这辈子就认钱,都这个岁数了,你发了吗？你怎么就不能反思一下啊？"

"这跟我认不认钱没关系,这么好的衣服,说扔就扔了？"

"好什么好啊,我临走时故意穿的旧衣服,就是打算回来扔的,不然煮,消毒用的煤气费,比这破衣服还贵哪。你就不能好好地理解我一回吗？我都病得快死了,你也不能好好理解我一回吗？"

刘叔看着一地报纸和衣服,也哭了。

闻姨走过来,把衣服卷到报纸里,用一只脚踩住,凶狠地看着刘叔。

刘叔声音低沉地说：

"是啊,你都病了,我应该理解你,哪怕一回呢。"

闻姨没说什么,走向卫生间。

刘叔忽然高声喊了起来：

"咱们俩这一辈子也透亮了，你能不能也理解我一回？！我忍了你一辈子，你这些乱七八糟的消毒，喷壶，你买那么贵的营养药，说吃就吃，说扔就扔，你想干什么就干什么！你觉得你总有理，你知不知道，你的这些理，对别人，就是不讲理。我从没认为你有什么道理，我忍了你一辈子，终于到头了。你快死了，好，我也不想活了，活着没意思啊！"

闻姨什么话都没说，进了卫生间。

刘叔按照闻姨的要求收拾了地上的衣服和报纸，带着垃圾出门。回来时装作什么事都没发生一样。

闻姨坐在餐桌前，穿上了她最好的墨绿色羊绒套装，有些湿润的烫发梳得很规整，短短的发卷像一顶羊皮小帽儿，衬得闻姨很妩媚。

仿佛什么都没发生一样，闻姨招呼大家一起吃饭，特意提醒，吴刚一定要和他们一起吃。

吴刚觉得闻姨前所未有的可亲可爱，仿佛年轻了十岁。

闻姨和刘叔最后的对话，是在她开始呕吐，疼痛发作之后。刘叔要送她去医院，她说，不用了，让丈夫把卧室的窗户打开，她要闻闻春天的气味。

"这不过是刚开始……"闻姨看着丈夫，看着看着，眼睛里盈满了深情。她忽然发现，她爱的不是别人，是这个男人。她早就爱着他了，自己没发现。

她哭了，因为高兴和幸福。

丈夫也哭了，因为高兴和幸福。

"别怪我。"

"我不！"

"要是总能好好跟你说话，多好。"

"没事。你怎么说话，我都听。"

"咱俩从来没说过那样的话，今天说一次，最后一次。我是爱你的，老头子，我自己不知道。"

"我知道，我知道，我也是啊，老伴儿！"

"大夫都跟你说过了，会越来越难过的，会疼死我。"

"别担心，不就是一个死嘛！"

"你跟我想的一样呢。"

"我明白你的意思。"

"今天天气真好，蓝天白云，春风温暖，药我有，你好好的，女儿女婿能照顾你。"

"我跟你一起走。"

"不行，为女儿想想。你要是一个人寂寞，再找个伴儿。"

"我不找，我要跟你一起走。"

"那好吧，你把水拿来，我先吃，剩了是你的。"

药，没剩下，剩下了刘叔。

剩下的刘叔是这个世界上知晓爱情的男人之一。

舅舅

（五）

我对舅舅最初的记忆是我小时候，他经常来我们家，每逢年节都来，因为他没有家。那时，我白天被寄存在一个老妇人家里，他有时代替父母晚上接我回家。有一个冬天的晚上，我穿着棉猴儿（棉大衣）和舅舅一起慢慢往家走，他躲到电线杆子后面……我认识回家的路，便一个人默默地往家走。他没办法，只好跟上我。他问我什么，我也不回答。

那时候，跟我比，他更像一个孩子。

回到家，他把我关到门外。我敲门。

你就待在外面吧。

外面冷。我说。

他打开门，让我进去，妈妈责备他。他说，他想看看，我是不是哑巴……这是一个舅舅喜欢讲起的故事。

舅舅每次来，带的礼物都是日常的吃食，没有给孩子的特别礼物。我开始喜欢他，是上学以后，尤其是进入中学后。我喜欢读书，他便给我讲俄罗斯文学中的故事，《安娜·卡列尼娜》《复活》《卡拉马佐夫兄弟》《静静的顿河》《叶尔绍夫兄弟》……文学的门一点点地在我眼前敞开了。当我走上这条路，走出很远之后，舅舅却变道了。

文学在我生活中留下了最深的烙印，应该说舅舅曾是那个引路的人。

读完巴别尔的《骑兵军》，我曾想过，要是舅舅一直没有离开俄罗斯文学，要是我们能一边喝酒一边谈谈巴别尔，多好！

我爱这个命运多舛的怪老头儿。

我帮他还过几次钱，因为他的自费出版物，因为搬家，因为租房子等等。对他的生活最不认可的是我父亲，他觉得，舅舅是一个败家子，根本不会管理自己的生活。舅舅一辈子做事，不是过头就是不及，中邪一般。但每次失败后，他的表现，我很钦佩：从不抱怨！

舅舅从来不说，自己是怎样的人。他对此似乎不感兴趣。每当他说起往事，总是充满嘲笑，自嘲和嘲讽他人。

舅舅从不谈死，不是忌讳。关于生老病死，我第一次听他发表意见，是母亲病了之后。他说，不要手术，能活多久算多久，不要遭罪。

不伤感，不抱怨，不谈死，都是他高贵的优点。

谈起黄石公园的那个傍晚，舅舅送我到大街上，打车去火车站。

他让我打车，他说，有的司机看他的打扮，都不停了。

黄昏的朦胧里，舅舅的衣着既像拾荒的又像精神病患者，他线条明晰几乎没有皱纹的脸上，昂扬着某种属于年轻人的斗志。在我眼里，他也像一个古怪的藏书人，像一个半疯的教授。他穿的深蓝色阿迪达斯运动裤和两条别的运动裤，因为破损，在臀部被缝纫在一起。上衣也是深蓝色的阿迪达斯拉链运动衣，里面是几层别的运动衣。这套衣服，他穿了好几年，白天晚上不离身。时间的穿梭，在这套衣服的纤维间留下的痕迹，在出租车司机的眼中是破败，在我心中唤起的却是喜欢。他这么穿，我看还是挺时髦的。

他曾经是在意穿着的男人。他曾经是有洁癖的男人……关于他的晚年，我有很多不知道。比如：他多久洗一次澡，他上一次脱衣服睡觉是什么时候，他上一次躺着睡觉是什么时候……

好多年，他穿着衣服，坐着睡觉，常常打坐时直接入睡了。在我的记忆中，他从未散发过不好的味道；他每天抽六包烟时，家里从来不是烟雾缭绕的，烟哪儿去了……

　　舅舅抽的烟平均十块钱一盒，一天六十块钱，一个月大概两千块左右。他每个月的退休金不到五千，除了抽烟，他最大的开销是打车。他出门就打车，哪怕只有五百米。他的一个朋友跟我说，你舅舅像教授一样说话，像地痞一样骂人。

　　他骂人十分凶狠，混账，王八蛋，王八犊子，这些东北的骂人话经常从舅舅嘴里溜达出来，最高表现是他骂一个人，他说，×××这个逼！

别人的故事：

托马斯和特伊莎

1

特伊莎是干瘪的，她的丈夫托马斯是肥胖的。

托马斯从不命令特伊莎做什么，建议也很少，胖子更容易包容这个世界。要是希特勒是个胖子，或许也不会有世界大战。

特伊莎像一道狭长的阴影，她善于把命令和建议调和成一小片乌云，升到托马斯的头顶，遮住阳光。托马斯随和，喜欢阳光灿烂，同时也能在特伊莎的小乌云下面点头称是，按她说的去做。

2

先别吃，用湿巾擦擦手。

先喝口热水，不然会胃痛。

柏林郊外的夏天，绿得令人心慌。浓郁寂寥的树林里像是住着狼群，无边的绿色咄咄逼人，但坐在草地上的托马斯和特伊莎并无察觉。托马斯一边用湿巾擦手，一边仰头看太阳没入云层。他摘下太阳镜，放到草地上。

特伊莎把三明治里漏出的酸黄瓜片塞回去，没有把它递给托马斯，相反又放回到了饭盒里。她用纸巾擦擦手，对托马斯做了一个拿过来的手势。

他用目光说：哦，又来了。

把眼睛盒给我，不然一会儿你又忘了。这么贵的眼镜，也没买保险，我可不想再买一副。

眼镜盒没在我这儿。

她在自己的背包里找出眼镜盒，把黑色的墨镜装进去。那墨镜很黑，似乎可以把明亮的眼睛直接带入黑暗。

3

你穿上外套，闪着风，感冒又得引起肺炎。

少用公共场合纸抽里的纸，都不合格，荧光剂增白剂很多，这些都是致癌物质。

先吃点儿面包，不然喝酒会醉。

睡觉前喝点热水，预防心脏病。

少吃炸土豆。上个月我已经做过一次了，吃得太频，对血

脂没好处。

别把手机放到西服里怀兜里，离心脏太近，有辐射，不好。

……

出去晒晒太阳，补钙。

我不想动，我想坐一会儿。

总坐着不好。

我没总坐着，好不容易坐一会儿。

再坐下去，太阳就落山了。

落就落吧，反正太阳明天还会出来。

明天晒明天的，今天晒今天的！你的老骨头每天都在耗损，一天不补充都会有问题。你知道吗？骨质疏松是不可逆的，也就是说，疏松了，流失了，补不回来。

太阳可以挽救这一切吗？

当然！太阳是最了不起的，没有太阳就没有我们！

4

太阳啊，你杀了我吧！

有一天，托马斯在弟弟家喝酒，特伊莎不在，他借着酒劲儿大喊起来，他们已经喝了三瓶啤酒外加三小杯伏特加。

……你把我的骨头晒成粉末吧，再装进我老婆的急救盒里……

你老婆简直就是你的保健医生，估计，你以后还需要一个精神病大夫。

托马斯弟弟迪克调侃哥哥，哥哥摇头警告他：

不要蔑视自己还没得到的东西。

迪克和达戈玛离婚后，一直一个人生活，托马斯怕弟弟伤心，又开始劝慰他。

没有老婆也好，女人天生就会用各种方法堵你的心，一点一点儿地，一天一天地，一年一年地，一晃就是一辈子。你到死时才发现，为了一件相同的事情，你已经抓狂了五百多次，你明白我的意思吗？

迪克微笑着，他想起达戈玛对他嫂子的评价：身体光洁得像一条无鳞的鱼，脸却像西班牙的曼且哥奶酪。达戈玛和迪克私下戏称特伊莎是健康射钉枪，已经把托马斯牢牢地钉在健康的十字架上，等待着和耶稣一样的复活。

迪克对哥哥嫂子都不感兴趣，离婚对他也没什么影响，他的整个世界都被酒精浸泡着。他唯一喜欢和哥哥一起做的事情，就是在哥哥的家里，喝哥哥的威士忌。托马斯有好几种英国和爱尔兰的威士忌，迪克最爱的是爱尔兰的，那种第一口就能把你送到天堂的好酒。

托马斯也想起了达戈玛。他试图劝过她，和迪克复合。那一天，他们坐在一个叫"隧道"的酒馆里，每人守着一扎科恩巴赫黑啤。达戈玛喝多了，索性问，托马斯为什么不离婚，好像更应该离婚的是他们两口子。

"隧道"酒馆处在一个城铁的桥下，达戈玛的话被经过的列车轰鸣吞噬了。

爱情穿过胃，火车钻进隧道……你还想要什么呢？！[1]托马斯说完，达戈玛大笑着朝后仰去，在那把老木椅翻倒前，又俯冲回来。托马斯喜欢达戈玛的无拘无束，这是他老婆从来没有的品质。

把你后背擦干！托马斯学着特伊莎的口吻，严肃地说。

把这个盐袋放到腰下面，我刚才已经加过温了。

太烫了！

一会儿你就不觉得烫了。

你吃 Q10 了吗？

吃了。

---

[1] 前一句和最后一句都是德国谚语，中间一句为托马斯说的黄色笑话。

钙片呢？

吃了。

叶酸呢？

吃了。

……

吃了……吃了……

哈哈哈……她给你吃的药听起来比饭还多！

没错，不过都是营养药。

这是托马斯第一次跟另一个女人嘲笑自己的妻子。之后，他的良心十分不安，他对自己发誓，这是第一次，也是最后一次。

6

特伊莎死了，六十岁生日过后不久，死于睡梦中。他们在外地工作，好久没回家的儿女，终于回来了。

葬礼结束，他们把父亲送回家。他们私下已经讨论过，要不要取消旅馆的预定，在家里住。他们担心父亲会因失去妻子悲伤欲死。但他们的父亲托马斯从酒柜拿出他的 Bringbank，往杯子里倒的时候，居然哼出了小调。

歌剧《卡门》的序曲！对于一个刚参加妻子葬礼的鳏夫，这曲调稍显欢快。

你们要不要也来一杯?

他们拒绝了。

你们回宾馆吧,我看会儿电视。四点有个台放老片子,《杀人是我的爱好》,我很爱看。

托马斯右手端着一大杯威士忌,左手拎着一瓶带气儿的矿泉水,走向自己的大沙发,打开电视,架起双脚……他的儿女也许正在怀疑,他们的母亲是不是被父亲杀死的。

我很高兴,你妈死在我前面了。我爱她,也很烦她,她就像一片挡在我眼前的乌云。

7

可惜,托马斯没有乌云的自由生活相当短暂。妻子去世没多久,他也因为心脏病发作住进了医院。出院后,他开始怀念妻子,不自觉地按照她生前的吩咐去做。

当他拿起刀叉把冰凉的土豆色拉放进嘴里前,耳边会响起一个声音,他领悟地点头,然后对自己说:

对,先喝口热水,免得胃痛。

有时,他急煎煎地等着太阳出来,太阳一出来,他便跑出去,补充自己的骨流失。午饭他也常常在太阳下的小酒馆里吃。太阳西下,他才回家,错过看《杀人是我的爱好》,错过喝威士忌的时间，他也不那么在乎了。

他越来越思念自己的妻子，恨不得自己快点儿死，去跟她会合。他越来越不在意自己的健康。健康对他，曾经没有乐趣重要。

他很少想到儿女，好像他们已经跟他永诀了。他几乎不再去看兄弟迪克，特伊莎在时，他很喜欢去迪克家。

他像一阵风，忽来忽去，心神不定。他被从前无限憧憬的自由包裹着，想做什么都可以做的时候，他什么都不想做了。现在他发现，乐趣没有妻子重要。

8

有一天，托马斯觉得自己要死了。他问上帝。

上帝，你好。这是我第一次跟你说话，弄不好也是最后一次。请你告诉我，我应该过的生活到底是什么样的？

上帝没吱声。

托马斯继续说：

特伊莎活着时，我希望独自生活；特伊莎死了，我又希望跟她一起过日子，难道这就是我的生活吗？

上帝继续保持沉默。

你不觉得人不应该这样活着吗，上帝？你不觉得，你应该给我一个说法吗？

　　上帝的沉默像更巨大的乌云,飘进托马斯的心里。一阵心悸,他扑倒在地,没来得及喊出任何一个名字,上帝,或者,特伊莎。

9

　　托马斯的葬礼后,迪克和达戈玛复婚了。

别人的故事：

人之终

—— 事情不能像真的发生那样……

1

这个故事发生的那天，是一个灰蒙蒙的阴天，天空和街道都是宁静的,仿佛打定了主意不发生什么事情。在这样的天气里，适合两个人坐在沙发上，腿上合盖一条毯子，看一个温馨的老电影。

那天是猴子节。

方叔忽然去看儿子方大方。

儿子问父亲，发生了什么事情?

父亲说，没事。

儿子去厨房给父亲泡茶；父亲坐到儿子的沙发上，拿起儿子正在看的那本书，看了几行，就被故事吸引了。于是，方叔把这个名叫《水果笼子》的故事从头看到了尾。

这个故事是一个叫巴恩斯的英国人写的，讲的是一个八十多岁的老头儿，忽然离开了自己同样衰老的老伴儿，跟一个六十多岁的女人同居了。

方叔是一个长相好看的老头儿。

身材高大，清癯，与当年著名的演员冯喆有些相像。他和善敏感，寡言，脸上总有不喜欢的表情，不喜欢别人也不喜欢自己，又像是另有原因。

方婶也是一个长相好看的老太太。

举止大方，热情多于娴静，与当年著名的演员谢芳有些相像。她喜欢运动，动作敏捷，只有偶尔投向丈夫的目光是犹疑的，像在轻轻质问：你不喜欢我，为什么还要跟我一起生活？

是的。他们经常吵架。

他们吵架的起因不同，结尾总是相同的。

我让你爸陪我去超市；你爸让小辛陪我去；我问他，小辛是你雇来陪我过日子的吗？他说，你这个娘们，一张嘴都是难听的……我说，你要是看不上我，就明说！他说，你怎么这么操蛋……我说，我操蛋，我说话难听，所以，才把那些说话好听的显出来了吗！不然，那些甜言蜜语怎么起作用呢！

你！你爸说完，扔下报纸就走了。

方叔就是这样来到了儿子家，并没有提及吵架的事情，因为这不是第一次，也不会是最后一次。

方大方跟我说，他担心父亲某一天会死在这个带感叹号的

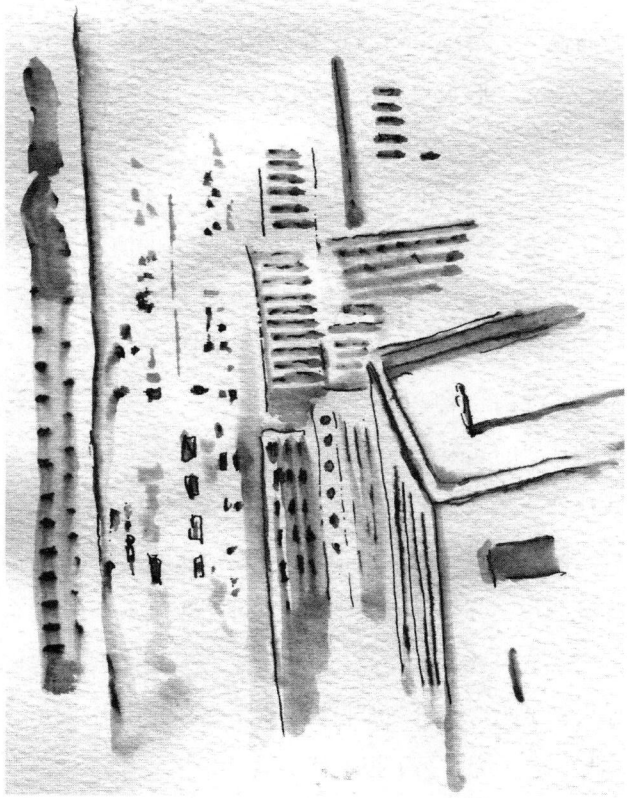

"你"字里。

假如生活像张爱玲说的那样，如华丽的袍子里爬满虱子，那么晚年很像为了拍死虱子，敲断了骨头。

方叔离开儿子家后，也没回自己家。几天后，方大方接到父亲寄来的一封信。信里有这样两段话：

"这么多年一直以为你在俱乐部打桌球。"[1]

"儿子，大部分时间我确实在俱乐部。我说打桌球是为了让事情简单一点。其实有些时候我就坐在车里，看着田野。艾尔西……是最近才有的事。"[2]

方大方心酸了。

一个已婚老头儿向妻子撒谎，然后坐在车里，看田野……这是有过短暂婚史的方大方无法想象的。

就这样，一个家庭像一幅老画一样被撕开了。

方叔走了以后，方婶的日常生活像在白日梦里。

她做一件事时，想的是另一件事。她想的都是往日的日常，

---

[1] 英国作家朱利安·巴恩斯短篇小说集《柠檬桌子》中《水果笼子》的片段。

[2] 同上。

她和丈夫共同的日常生活：她在公园练剑，他在客厅看报纸；他们一同坐在餐桌前吃午饭，边吃边看午间新闻；他们一同坐在沙发上，看晚间新闻，边看边评论；他们分别去卫生间洗漱，然后去各自的房间睡觉；早晨他们一起出门，他遛弯买早点，她公园练剑……

其实，他们是一对般配的夫妻，像两条平行线一样友好，只有吵架时，才有交叉，但很快又会恢复平行状态，直到方叔离开前。

妈，你为什么总影射那个女人？真有过那么一个女人吗？

方婶哭了。她其实不知道，是不是有过这样的一个女人。但她知道，在她的感觉中有这样的一个女人。她每次提起这个女人，每次差点把丈夫气死，对她来说，便击中了他的要害，便是证明。虽然每次过后，她都十分悔恨，但不妨碍她下次再提。

她真的不知道，这到底是怎么回事。

方叔在离城市二百多公里的山区找了一个农家大院儿。三间红砖瓦房，前后半亩菜园，房主沿着院墙栽种的果树有李子，杏子，苹果和葡萄。方叔用存款装修了房子，有了和城里一样的卫生设施，有了和城里一样的暖气，还有了城市少有的明亮的阳光。

春天，方叔告诉了儿子，自己住在哪里。我们推门走进他的大院时，他正躺在窗下正午的阳光里，酣睡着。花白的寸头，红润的脸膛，粗壮的双手，裤脚上的泥巴……地上树上到处是新发的绿叶，村里传来狗吠的那一刻里，我想跟这个老头儿的儿子结婚，这样就能常来这个院子，看望公公，坐在葡萄架下，吃葡萄……

那是一个美好的下午，连着一个星光灿烂的夜晚。方叔的"仆人"——实际上是他的邻居，带着一条牧羊犬和一堆大棚蔬菜和冻肉，带着他的妻子和孙子，做了一顿丰盛的晚餐。晚餐后剩下我们三个人，坐在炕头上，就着窗外的月光，喝着那里农民自己做的白酒。方大方喝着喝着，微笑地睡着了；方叔喝着喝着，开始说话了。他的话像一道涓流，从宁静的夜晚流进深夜的宁静，最后睡着了的方叔，像这溪流的守护神，歪着身子，倾听着流淌的旋律。

我一个人站在院子里的月光下，心里的热流抵住了夜晚的寒凉。我不明白，到底是什么，是乡村还是白酒，打开了方家的一道道绳结。

爸，真有过那么一个女人吗?

儿子，实话实说，是有过那么一个女人，但跟我没关系。她选择了另外一个男人。她甚至不知道，我对她的感情。

她在哪里？

在坟墓里。听说她十年前去世了。

你为什么不告诉妈妈？

她从来没问过我。

方叔住的那个村子有个好听的名字，叫凤村。村里好多人的名字都带"凤"字。第二次，我们和方婶一起推开方叔的院门，繁花扑面，茉莉花香若有若无，一只裤脚卷得高高的方叔，慌乱地站了起来，像一个相亲的小伙子那么局促。

方婶脸红了，拘谨地对方叔点头，两只手不知道放在哪里。

这也许是第一次，他们彼此真正看见对方，发现，对方是长相好看的人，虽然是迟暮之年。

据说，长相好看的人，如果不存心刻意，一般不会变成很糟的人。

从春天开始的幸福生活，带着我们四个人，离开了城市，走进夏天的乡村。院子种的蔬菜渐渐成熟，方叔采摘，方婶做饭，每天从大铁锅里散发出蔬菜和豆酱混合的香味；同样用铁锅做出的米饭绵软馨香，我们四个人都吃胖了。

纯正的食物，纯正了心态。

方叔说，有些离退休的干部其实很可怜，看看报纸电视听听广播而已，还整天去公园里议论国家大事，好像还有人听他们的高见，好像他们还说了算似的。我不愿意跟他们凑热闹。

方婶说，是呢。那些老头儿天天去公园议论国家大事，比开会还准时。

方叔说，看电视听广播，也让人难受。一会儿形式大好，一会儿恶性事件，一会儿GDP增长，一会儿是倒闭亏损，贪污腐败，都是乱的，没有秩序。

方婶说，就是。太认真不行，都是对心脏没好处的消息。

……不知不觉中，方婶变得随和了。……不知不觉中，方叔落到方婶身上的目光变得柔和了。有时，他的目光随着她的背影，像跟着妈妈的孩子……

转眼，秋天来了，开始收获树上的果实，方婶用李子和杏做了一瓶瓶红色和黄色的果酱。她说，等苹果和葡萄熟了，做苹果酒和葡萄酒，留着冬天坐在火炕上喝。

不知道方叔对方婶说过什么，方婶变成一个满意的女人。她做果酱时总爱自言自语。

她说，以前，她羡慕那些过和睦日子的家庭，哪怕过穷日子，她都觉得挺好。

她说，以前，她真想离开丈夫；她觉得，没有她，他能活得更好，因为他的心思从没放在她的身上。

夜里，躺在窗下，看着天上的月亮，方婶说的"以前"，浮现到眼前。"以前"，像一个犯了过错的老朋友，惭愧地回来了，带着说不出的亲切。

无际的稻田，风中沉睡着，仿佛能听见，酣睡的麦穗发出的微微鼻息。睡得更沉的农民，积攒着黑夜的力量，等待收割即将到来的收割。我想起一个诗人的诗句……

马儿在草棚里踢着树桩，

鱼儿在篮子里蹦跳，

狗儿在院子里吠叫，

他们是多么爱惜自己，

但这正是痛苦的根源，

像月亮一样清晰，

像江水一样奔流不止……[①]

人老了，怕死吗？方大方问父亲。

我不怕死，怕的是，死得措手不及。

…………

我想写本书，把我这些年看到的一切的变化，人心的，世

---

① 诗人杨键的诗句，选自《暮晚》。

道的，政治的……从内部人的角度写出来。我不仅是党员还是干部，无论战争还是运动，新中国的发展，我是一步步跟过来的，我是有发言权的，我保证说实话，没人发表，我也不在乎……

方婶在做苹果酒，令人陶醉的苹果的香气里，方叔看看坐在苹果树下的儿子，看看我。他的目光仿佛在说，我知道，你们都不相信我。

我不敢说，我相信他；更不敢说，我不相信他。

我去帮助方婶做苹果酒。

你反对还是赞成，你痛苦还是快乐，对别人来说，都是无所谓的。你连空气都不如，没有空气，人还不能呼吸；没有你，谁都活得好好的……

我们都听见了方叔的话。方婶泡了茉莉花茶，我们重新聚到苹果树下，没话找话说，像风一样努力，驱散小小的乌云。

我不明白，这为什么让我生气呢？

被释放到田园里的方叔，又被抓回了精神的监狱。

返回城里的路上，方大方向我求婚。

他说，他能体会，我对婚姻的恐惧。

我说，我能理解，他对未来的信心。

第二天，我们又返乡下。因为方叔晚饭听广播时，死于心梗。

方婶哭成了泪人。她觉得是自己害死了丈夫，他喝了太多苹果酒。我们把方叔埋在了凤村的村头，方婶说，有一天，她也要回来。

我们结婚后，方婶和我们一起生活。

越来越沉默的方大方，有一天问母亲，父亲去世时，听的是什么广播。

新闻。

什么新闻？

有人把上海的垃圾，偷偷运到周边的乡村填埋。

方大方笑了，仿佛看见命运张嘴咬住了它自己的尾巴。

在儿子的微笑里，方婶第一次尝到了绝望的味道。

舅舅

（六）

舅舅记了一百多本日记，流水账式的。我想，他不是为了给人看，是自己跟自己说话，亦如他不停地抽烟，排解寂寞。他去世后，他的继女扔掉了这些小本子，也没错。

他的倒数第二本日记，最后一句话是：佛门无锁。

凌晨一点二十五，听佛法。

奉行佛法的人少！

一念善，就是极乐世界！

魔的手段，要小心！

给钱，不能消贪嗔痴！

火烧功德林！

佛法重在行，不在说！

大迦叶：一床一衣，其他皆舍！

宇宙年龄：137亿年，有一点膨胀到无限。

境由心生！转境，是转心！

相是假相！

…………

多梅内克拯救了法国队！罢安，开除！

失去×××就失去！省得他气我！魔我！让我忍受不了的诡辩术！会把我气疯！火冒三丈！大骂脏话！

闹剧，变悲剧！

今天买10元冰棍儿，11根。

12点25焖豆饭。

都在心态里。

备用600元，零用75元。

乌拉圭对加纳，点球！

晚十点，拉一长干屎。

阿根廷，没有章法！没有准度！没有攻势！总往后踢，不往前踢！——4：0！德胜！

凌晨1点25，听佛法。

5点20起床。

还停水！

9 点前，吃个馒头。之前 × × 来了。

下午 12 点 45，来水了。

你张学良，也错了！犯罪了！蒋介石不让你抵抗！罪名是（？）！可小鬼子坑了我们八年！死人无数！你抵抗了，鬼子进不来！

2 点，东田，白菜粉条，小炒，与 × × 共餐，38 元

4 点多回屋，路遇 × × ×。

…………

0 点 30，起夜。

1 点 48，一天天过去了，不知不觉中。一个 78 岁的老人，孤独地过每一天，是不容易的。庆幸的是还能动。如果不能动了，一切都不堪设想！

故，自证，必须进行！不管能否戒烟！自证，日日实行！无心，时时执行！

2 点 40，去掉一切束缚！不让任何东西捆住自己的手脚！

舅舅日记中，经常写道，把债了了，清了，就好了，无债一身轻……把烟戒了，开始自证……

佛门无锁，可惜，舅舅怎样都没进去。

法国哲学家萧沆说，没有新生活，人只有一个生活。"任何人在回望自己的溃败时，为了避免来日的溃败，都想象着自己有能力从头开始某种崭新的东西。于是，他们给自己许下庄严的承诺，然后等待奇迹，把他们从命运注定的平庸陷阱和命运的无限深渊中拉出去。然而，什么也没发生。所有人依旧做着同样的人……我从来不曾见过哪一种'新'生活最后不是一场幻灭……"①

舅舅不停地下决心，要做也许他一生里注定做不到的事情。奇怪的是，这样的愿景居然可以激励一个人很久。德国女诗人奥斯兰德有一首短诗,只有三行:那个梦 / 活了 / 我的一辈子……

舅舅做到最后的梦是戒烟，自证。这让我想起一个德国教授。那个德国教授退休前，几次跟我谈到他的一个愿望，那就是学钢琴。他一次又一次地说，等我退休了，有时间了，我就学钢琴。他退休后，有时间，有钢琴，但愿望还是愿望，只是提起的次数少了。

每次看见钢琴，我都会想起那个教授；每次想去看看他，也会想到钢琴，接着便打消了念头。

舅舅最后不抽烟，抽不动烟了，是神插手了。

---

① 选自法国哲学家萧沆《解体概要》。

对此,舅舅是明了的,不然他不会那样甘心地跟随。跟着死,走出了痛苦的蹂躏。

"我是一个痛苦的灵魂,以一位疯人的身份迷失了,所以,我对着开阔的夏日田野发出一声吼叫。"①

---

① 选自西班牙作家胡安·拉蒙·希梅内斯《生与死的故事》。

别人的故事：

细碎生活

这是 X 叔的生活日记。他曾是一个城市的中级法院院长，离休后为自己立了一个目标：打破他家族史上男性没有活过七十岁的现状。他的具体做法见如下记录。

2014.11.11

双十一节（光棍节）。

多云，西南风 2~3 级，北风 3~4 级，最高气温 3℃，最低气温 −3℃。

体重 136 斤。

4 : 35 体温：36.5℃。

4 : 39 保列治一粒。

4 : 40 血压分别是：82/134，心跳 64；

79/131，心跳 61；

79/145，心跳 59；

77/141，心跳 59。

（此处血压结果没标详细的测量时间。笔者注）

5：05 加餐，鱼油一粒，麦片，月饼 1/4。

5：45 哈乐一粒。

饮食注意清淡，头晕较轻。

7：10 早餐，饺子三个，拌菜，牛奶，善存一粒，蒜油一粒，蛋一枚（黄 1/3）。

8：00 大便一次，先干，好，粗，后半部分全为粥便，稀便。

（粥便，稀便，需注意）

8：20 美肠安一粒（治粥便，连服两天）。

8：50 圣通平一片。

9：30 阿司匹林一粒，75mg。

11：50 午餐，米饭 1/4 碗，小嘴鱼，肘子，猪耳朵，芸豆，倭瓜。蒜油两粒。

1：10 金纳多两片。

2：10 圣通平两片。

3：00 莫雷西嗪三片。

5：00 晚餐，小面包一个，紫菜汤，倭瓜，剩芸豆。蒜油两粒。

5：40 酸奶一瓶，200 克。

6：50 立普妥一片 10mg。

7：45 阿司匹林一片，75mg。

夜尿：

9：00　150 毫升。

10：00　200 毫升。

11：00　150 毫升。

12：00　150 毫升。

12：45　200 毫升。

夜尿总量 900~1000 毫升

2014.11.12

阴，偏北风 3~4 级，最高气温 3℃，最低气温 −6℃。

光棍节后。

4：04 保列治一粒。

4：10　血压：77 /133，心跳 63；74 /133，心跳 62；77 /133，心跳 60。

4：50 加餐，鱼油两粒，麦片。

4：55 哈乐一粒。

5：30 一次大便，干，好，中稍粗，色正，适量，尚顺，持续十五分钟，尾无粥便。

6：30 圣通平一粒。

7：30 早餐，饺子三个，杂拌，牛奶，善存一粒。

（饭前肚子痛）

9：00 第二次大便，肚子疼引起的，中粗，中量，尾软便，粥便。

9：40 黄连素两片。

10：30 立普妥一片，10mg。

10：45 户外散步，约三十分钟。购公牛插座及高压锅密封圈一个。

11：50 午餐。米饭，鲈鱼，土豆茄子，豆芽粉，肘子，胡萝卜香菇，啤酒半杯。

12：30 光棍节营业额几十亿。

1：15 圣通平一片。

2：00 云陪去中医院复查，刀口长得不好，纱布清洗内部再坚持一个月？痛苦，但是！

3：40 莫雷西嗪两片。

4：00 找出皮面大衣，去铁家穿。

4：30 伟去起身做饭，站急，摔倒，骨折，去医院。英替代，做饭。

5：45 晚餐，包子一个，剩菜豆芽，香菇胡萝卜，生蒜一瓣。英做饭逊于伟很多。

8：10 阿司匹林一片。

夜里头有点儿疼，左侧。但这几天来的头晕，显著减轻。

夜尿：

9：40 150毫升

10：15　100 毫升

11：10　150 毫升

12：20　150 毫升

2：00　150 毫升

…………

2014.11.29

晴转多云，南风，气温：−3℃ ~7℃。

4：00　体温 35.6℃，体重 137 斤。

4：30　保列治一粒。

4：45　加餐，鱼油两粒，麦片。

5：15　哈乐一粒。

6：00　圣通平一片。

7：00　早餐，饺子四个，拌菜，牛奶，生蒜一瓣，善存一片。

8：45　水果——梨。

8：55　金纳多两片。

9：00　阿司匹林一片。

10：00　散步到西路口，与卖电器的人闲聊一会儿。看火灾现场残留。

雾霾太大，提早返回，药房购口罩两袋。

12:10　午餐，米饭 1/4，海蜇，苦瓜鸡蛋，豆芽粉，土豆丝，凉粉，蒜油两粒。

1：30 英陪同，去医院检查。

眼科，白内障，有炎症，注意卫生。

皮肤科，脂溢性皮炎，做了真菌实验。

内科，心电图，脑部 CT 等，无大问题。

取药。

4：00 银行取钱。

17：00 发现银行多给一百，明送还。

17：45 晚餐，紫菜汤，包子一个，豆腐，啤酒半杯，蒜油两粒。

18：20 消毒内衣内裤。

18：40 健康一身轻节目，头孢类药物，服用时，不能饮酒，包括啤酒。

白菜汁加蜂蜜，治疗便秘。

7：50 圣通平一片。

8：00 恢复练功。十分钟，出汗，腿虚弱。

夜尿总量 900~1000 毫升

明：告英，去银行还钱，去机关取新医疗卡。

X 叔早已成为他们家族史上最长寿的男性，去年，他八十三岁生日时颇有感慨。他说，一个人活多久，看来，并不全是老天的事儿。尽管如此，老天的事儿，他还是在意的。今年（2015 年）他八十四岁，老话说七十三、八十四都是坎儿，他过得蛮辛苦，身体稍有不适，立刻去医院。他的三个儿女轮班在他家执勤，时刻准备着，时刻警惕着。

9 月末，X 叔过完八十四岁大寿，便取消了孩子们的轮班执勤。他说，你们也有你们的生活，这个我知道。这里有英就可以了。

他的笔记里很少提到他的老伴儿，主要原因是他觉得麻烦，因为他们几乎每分钟都在一起。他说，她做的事情跟我一样，记录一个人的就可以了。

我没好意思问他，她的血压和夜尿量是否也一样。

英，是一个农村姑娘，进城后便在 X 叔家当保姆，如今已经是第七个年头。她习惯了 X 叔家的生活，就像 X 叔习惯了一直活下去。

人活久了，会以为死是可以战胜的。

舅舅

（七）

每个关心自己存在的人，似乎都必须给自己找到一个可以依据的说法，去活自己的一生；否则就得依据别人的。舅舅的一辈子里，似乎一直徘徊在自己和他人的说法之间。他对自己的说法不够笃信，外界的发生便能动他，左右他。他又不谙世俗之法，处世节节失利。再加上他是很情绪化的人，很多日常中的大事上，他总经历这样的三部曲：激动地决定，坚定地完成，默默地后悔。

除了自证特异功能，房子也是舅舅的心结。

前不久，我梦见舅舅住在一个折叠的小房子里，晚上搭起，白天收起。梦里我问他，白天待在哪里？他高兴地说，在一个印度的咖啡馆儿，那里很好。

我是一个迷信的人，房子，舅舅，印度，这几个关键词，向我描绘出一个彼岸的图景。

　　舅舅原来在 C 城有过几套房子，出于好心，借给他妻子的亲属或者他的朋友住。90 年代，舅母去珠海发展，在那里买房，舅舅还留在 C 市他们的旧居中。看舅舅的日记，他们的感情在两地分居中似乎出现了问题，舅母有离婚之意。舅舅对舅母以离婚为目的的很多做法很生气，他索性把离婚的事情挑明了。

　　后来，舅母遇到经济困难，找舅舅帮忙。他从来都没有过真正的积蓄，如果帮，只有卖掉他自己住的房子，社科院分给他的三居。

　　　　有人说不该帮，不管，认为我这一辈子，就这点财产了，没了窝，我以后上哪儿待？！

　　　　我想卖，想帮，我有难言之苦！但夫妻一场，不易！

　　　　当年嫁于我，就是不容易不简单！是最大之恩。我是司马迁！……故，她千错万错，嫁我之恩，可压倒一切之过！

　　　　如今，回心转意，求我帮忙，我责无旁贷！不能无情无义！……报答 ×× 是我的天职！天经地义！

　　　　牺牲五六万，算不了啥！人家陪我半辈子，也好难！好苦！……她忍受的难忍之苦，我无法报答，六万元，算个屁！

舅舅卖了 C 城的房子，去了珠海，把钱给了舅母……好景不长，舅母去世，房子被抵押……他只身一人回到 C 城，想要回自己过去的房子中的一套，得到的答复是，房子已经动迁，他们添了七万块钱，才回迁的。想要回房子，先拿出七万块钱。欠债的舅舅连七百也拿不出。他给自己租了一间房子，我帮他预付了一年房租。之后好久才听他说起房子的事情。我很愤怒，我说，我出钱，把房子要回来。

算了，他们都是坏蛋，不要跟他们扯到一块去。

他最后死在一个租屋里。

……我不该卖了三室一厅的房子，使自己没了窝！卖了409 是我最大的罪过！

把烟戒了，每个月攒两千，一年两万，十年二十万，买个狗窝！

…………

……房子不再想了，认了，都是自己的错，惩罚！租房也好。最关键的是自证！其他的都可以放下！

舅舅被情绪左右了一辈子，摇摆了一辈子，更正了一辈子，最后的幸运，是被引上了好路。

别人的故事：

死亡的暖意

老沙明年五十五岁。她从不说，今年多大，好像当下的一切都不值得一提，都令她沮丧，包括她正在放进嘴里的那块煎鱼。

现在的鱼什么味儿都有，就是没有鱼味儿。

老沙也不相信未来，未来对她来说就是一个词，像是目光抛物线的端点。她更不珍惜过去，在她过去的半辈子里发生的事情，在她看来都像罪行，自己对自己犯罪（我曾把她的这个说法用到另外一个小说中）。

有人说她"是一个破坏者"，凡是她拥有的，她都不自觉地尝试摧毁。她二十九岁时好不容易跟她父亲手下的一个小伙子结了婚，孩子没到五岁，她就出轨了。

我认识她三十五年，还想与她继续交往。因为，她悲观、绝望、消极、破坏……难过时一想到她，便有了安慰。

精神上我依赖她，生活中她依赖我，心理上的平衡，保持了我们的友谊。

她反感大商场的熙攘和广告的噪音；她觉得那浩瀚的商品几乎都是没用的垃圾；她说，饭店都应该用化学名词命名，添加剂饺子馆，香精面包房……街上不断线的车流让她切齿，但不妨碍她自己开车；她觉得这个世界正在抛弃我们这些即将进入晚年的人。

"不过它自己也在走向末日"。这么一说，她又高兴起来。

一过五十岁，你知道人最怕什么吗？我和老沙的一个共同朋友，在一次聚餐上认真地问我们。我们一起摇头，然后，他无比认真地说：

怕死！

他岳父死于肺癌后，他戒了烟酒和女人，戒了晚睡晚起的恶习，每天锻炼身体吃红萝卜。

我怎么觉得死是一件挺难的事儿呢。老沙说。

那是因为你想死。

我没想死啊。

老沙没想死，但也不惜命，这优点到了晚年，变成了某种英雄气质。有一次，在一条小街上，一对情侣开车，车品十分恶劣，惹急了老沙。她油门踩到底，把自己的马6横到了情侣的速腾前。老沙操起一直放在副驾驶的棒球棍，下车，走向对方的车门。

"操你妈，下车！"

夺路而逃的速腾差点撞上老沙。老沙身高一米七五，体重已经达到七十五公斤。十五年前开始练习柔道，现在隔三差五还去。她戴一副黑塑料框眼镜，齐耳短发，读书骂人，活得漫不经心，又像是缺乏乐趣。

尼采说街上充满了应该死去的人，说的就是你这样的人吧？我对她说。

对。应该死去的人，全都不死，这让生活很没面子。每当老沙这样说话时，都会哈哈大笑，然后找酒馆儿喝酒助笑，笑到深夜。老沙认为，人生最真实的感情就是——笑！

她也喜欢喝酒。她认为，酒后才能懂生活，就像男人婚后才懂女人一样。老沙有办法让生活摇晃起来，自己充个醉者，跟着摇摆……我嫉妒可以这样的人，因为不会喝酒，我少了很多乐趣。

有一次，和老沙约好去一家实体店，在环街的共和大厦十九层。一个独身女人开的，很有品位。这个店我们赶时髦去过一次，第二次去是为了再次感受那温馨。店主卖的小型家具和一些很有设计感的家居小玩意儿，恰当地摆在阳光里，灯光下，一道米色的纱帘儿半遮半掩十分梦幻，每个人都想把这温柔的舒适连同气氛买回家，而且，每个人都相信这是可以买到的，

除了老沙。

这一屋子里摆得全是没用的东西。

她说得对，把这些无用之物点缀进日常的柴米油盐中，随之而来的幻觉最多存活一个月，之后，熟悉的日常感卷土重来，一如老病新发，迷幻的光彩顿时黯淡。

人们对日常的感觉类似老夫对老妻，即依赖又不满。

老沙站在共和大厦的楼下给我打电话，她说，她怎样都找不到楼门。

你抬头看大厦在不？

在啊。

大厦在，我也进到里面了，所以，它不可能没有门。

老沙上来之前，给我打了三个电话，都是问共和大厦的入口。

一个六岁小孩儿都能找到！

一个五十岁的老女人就是找不到。

大厦一楼的商场扩建，整幢公寓的楼门被"包"起来，像被装进了信封，但他们在"信封"上画了指示的箭头……老沙说，弄成那样谁能看见？！

你应该印一个"尊老爱幼"的 T 恤穿上。

老沙不屑地撇撇嘴。我提醒她多动脑子，凡事问之前自己先考虑，这样可以防衰老。

衰老挺好，防什么防！

老沙偶尔就能挤出几句令人佩服的话。她说，花有凋零之美，因为花期短。人生长，寿长辱多。再不停地养生，多恶心。该老就老，该死就死，没啥不好。

那天晚上，我和老沙在我家，把沙发上的衣服头饰书饼干盒袜子……统统扔进墙角，每人守着一壶温热的清酒，一起看了一个日本电影。

电影说的是两个警察搭档，一个受伤，腿残疾了，他的妻子和女儿离开了他。他坐在轮椅上，不知道如何继续生活。

另一个警察妻子得了白血病，活不了多久了，他不当警察了，借高利贷照顾妻子，也给轮椅上的搭档买了画具。轮椅上的搭档开始画画，画大海，画星星和白雪。

为了陪病妻去看雪，他抢了银行。他们走一路玩一路，玩猜扑克牌，给枯萎的花换水，摆拼图，放烟花。催债的黑帮找到了他们，他杀了他们。

最后，他过去的警察同事来抓他时，他说，等我一会儿，就一会儿。

那会儿里，他和妻子在海边，看一个女孩儿放风筝。女孩儿跑来跑去，海水涌来涌去，他和妻子看得沉醉，仿佛闻到了当年他们自己的青春气息……两声枪响，浪花凝固了，过了一会儿，又继续翻滚，后浪推前浪……

那个轮椅上的搭档画了一幅画，上面有红色颜料写的两个字：自决。①

操！

老沙看完这个电影，就说这么一句短话。

我们又恢复了一起看 DVD 的老习惯。老沙因此增加了和我周围人见面的机会。

领导为什么迫害你？因为他是领导，你不是。

她对我男朋友说。

你的丈夫为什么离开你？因为他是自由的，你不是……

她对我外甥女说。

我们看今春昌平的《楢山节考》时，我男友认为这个残酷的电影揭露了日本人的残酷本性。儿子把不能干活只能吃饭的母亲背到山上冻死，激怒了我的男友。

你对现实中老人的世界一点儿不了解吧？那里比这个残酷一万倍！

再残酷，总有口饭吃，有个角落睡觉吧！

那是你的看法。你知道有多少农村老人自杀吗？他们没用了，儿女也不管，为了不给儿女添麻烦，为了不受儿女气，喝

---

① 语出日本剧作家北野武的《花火》。

农药的,上吊的,投河的……你根本想不到的高比例。有的农村,自杀的老人超过正常死亡的!

这不可能!

这个世界对老人最想说的只有一句——见鬼去吧!

老人就该死?

谁不该死?

老沙像一部耐看的系列剧,越到后面,越精彩。

老沙当姥姥了,女儿问她能不能看外孙。

她说,不能。

她女儿不理她了,她觉得妈妈的嘴里散发着吸血鬼的腥气。

你应该先说说原因,你血压高……

我懒得为暧昧买单。老沙说。

我转念一想,也对。老沙高血压很多年了,她女儿居然不知道。

女儿不再跟老沙来往,老沙很难过。我和她一起坐在茶馆里看街景,喝茶。寂静的马路上,风把一张破纸吹得狼狈地翻滚着,像是疼痛无比,接着又被一辆汽车轧过……这张破纸爬起来,继续翻滚,一如之前……

老沙看得入迷了,第一次没有发表评论。

日子在流淌，我和老沙像两片枯黄的落叶，一前一后飘荡着，互相打趣儿，打发没有变化的无聊。我们不养生，也不美容，逛商场也是偶尔，其实很羡慕同龄人生活的热火朝天，今天旅游，明天静修，后天断食，大后天去爬山。老沙说，他们都在努力地把昨天的褶皱扯平，用来冒充明天。

老沙也为明天努力，比如，扔东西。她说，带到明天的东西越少越好。留给孩子的，除了钱，所有不能换成钱的，都是破烂儿。老沙的家像刚入住没来得及置办的空房，偶尔，她也喜欢来我家，在各种昏乱中，给自己腾出一个地方，享受一下混乱的簇拥。我父母去世后，我们整理他们的遗物时，老沙说过的话，又在我心里响亮地回荡了一次：只有老人才会觉得自己的破烂儿是有价值的。

我们正在被生活慢性驱逐。

我没有孩子，老沙的孩子也像没有一样。绝望如缓慢的洪水，一点点升高，我向老沙推荐条件良好的养老院，老沙坚决拒绝。她说，那里就像人生的后台，退场之后，便再无登场的可能。养老和穷人要求救济没区别，这个世界从来就没富人帮助穷人的习惯，也不会有年轻人帮助老人的愿望。老沙成了我的精神镜子，照一下，宛如打了超剂量的鸡血，恨不得跟生活大打出手，苦难即使像成群的乌鸦，也恨不得让它们一起飞过来，来个对决。

可是，我还是被怀疑逮住，它像老鼠一样啃我的心。我怀疑一切。

于是，开始抱怨。

不要抱怨！抱怨还不如缴械投降，至少痛快点。老沙痛斥我。

一个人就一个一辈子。所有的，只有延续才有意义，要忠诚自己，哪怕自己是个坏人，也要忠诚自己。

老沙，为什么啊？

因为你只有你自己。你背叛别人了，自己还能当叛徒；你要是背叛了自己，就没有演员了，什么角色都没意义了。永远不能背叛自己，这是我的座右铭。

老沙却"背叛"了我。

我为她离开了自己的男朋友；她为了一个农民工离开了我。

有一天，阳光晴好，老沙骑车去人力市场找一个泥瓦匠，修补家里屋顶上塌掉的一块厚墙皮。市场上的人三五成群，懒洋洋地享受着阳光的普照。老沙看到一个三十多岁的男人，一个人坐在街边，头垂在膝上，一只手拿树叶逗蚂蚁。太阳晒在他的后脖颈上，老沙说，看得我后脖子也热了起来，舒服。

这个来自偏远山区的农民工修好了老沙家的屋顶，帮助老沙卖掉了房子，把她带回了他在深山的老屋，那里住着他的奶奶，一只眼睛瞎了，喜悦从她一只眼睛里放射出来，显得更加喜悦。

老沙跟这个比她小十八岁的男人结婚了。模仿一次阿加莎·克里斯蒂一直是她的梦想①。老沙的女儿对我"哼"了一声，并没有诅咒，因为老沙把卖房钱和全部积蓄的一半儿都留给了她。

跟老沙分别，是我所经历的，最难忍受的分别。

我们都明白，不会再见了。

有一天，她说来我家吃晚饭。直到现在，她还没来。她的"不辞而别"，把我给留在巨大的空虚中。

虚无想窒息我，我想消灭它。

一个想用自杀结束一切烦恼的人，说服自己并不容易。他会有疑问，万一死不是一个结束，万一死是生的另一种继续……这些类似的琐事，一定阻碍了很多人的自杀。

最后，我打消念头，把日子接续上，仍与老沙有关。

老沙死在了爱人的怀抱中。

老沙的爱人叫陈旺营，英俊又憨厚。他在村头等了我很久，如果我不提问，他也无话。

你奶奶好吗？

_____

① 阿加莎·克里斯蒂第二次结婚，嫁给了一位比她小十八岁的男人。

她也死了。

老沙病了？

陈旺营点点头。

什么病？

陈旺营摇摇头。

太阳落了，落到一半时，好像停住休息了片刻，陈旺营哭了，太阳最后掉进了乌云里。

我问陈旺营要不要再进城，他摇摇头。

他说，我留下陪她。

回家的路上，我的眼睛也湿了。离死亡这么近的地方，居然这么温暖。

舅舅

（八）

不幸的人生，像一种疾病，人们避而远之。假如这个人是你的亲人，分担他的不幸，也是一种痛苦。虚伪的同情，毫无作用，毫无意义。

舅舅的日记里，经常使用问号和感叹号。他也许知道，也许不知道，向他提问的应该是一个答案。他等待这个答案的漫长岁月里，每个问好，每个感叹号，都是一种激励，激励自己坚持，坚持到答案出现的最后时刻。

从这个意义上说，舅舅算是得救了。

舅舅是坦率的。

但他的坦率是赤裸的，因此没有人们喜欢的模样。他最后住院手术，我去看他。他看见我的第一句话就是，你来干吗？回家照顾你妈去！我离开后，他继女给我打电话，说我走后，舅舅问她的第一句话就是，我给她留了多少钱。

我再次去看他，大概两周后。他开始逐渐进入绝食状态。

我坐在他的病床前，想和他聊聊天儿。他笑着看我，对我说，去给我买个冰棍。

他吃完冰棍也不聊天儿，只是微笑。

我们聊聊天儿吧……我再次建议，他曾经非常喜欢跟我聊天儿。他说，再去给我买个冰棍。

今天，你已经吃了十三根儿冰棍了。

他不说话了，继续微笑。

…………

如今，舅舅已经离开五年了。我高兴，他临终时，没有跟我聊天儿，没有拉着我的手说，过去如何，你要如何……

他微笑，偶尔有些嘲笑，离开这个折磨他的世界。他从未停止过寻找，寻找一个归宿；活着时他没有抵达的幸运，也没因此退缩。这世的耕耘，来世收获，他付出的代价，非常人所能想象，但他从未抱怨，从未自怜自艾，笑不起时，骂几句，活不起时，死得起。

年轻时的奶油小生，晚年羸弱清瘦的舅舅，一生无论怎样，面对死亡，风度尚存。在我心里，舅舅的一生虽败犹荣，是真正的男人。

我爱这个奇怪的老头儿。

别人的故事：

坟墓也会死

1

2013 年最后一天，我只身一人来到柏林，父母已经安葬，孩子在远方。雨后的傍晚，湿亮的石头路上，我拖箱子的轰隆声传出去，又折回来，最后落进了心里，带着悲伤的节奏，敲着我。街边一棵生病的栗子树，像掉光头发的老人，枯枝突兀地插向昏暗的天空，十分寒碜。

对门的邻居告诉我，T 太太住院了，要我去看她。

我笑了。悲伤像狗一样，用鼻子寻找另外的悲伤，结伴而来，从来如此。

2

2014 年的第一天，雨夹雪，我带上十朵黄玫瑰，去路德医院看望 T 太太。手术前的 T 太太舒服地躺在半摇起的病床上，正在看电视剧《红玫瑰》的第 1989 集（也许是 2559 集）。午后微暗的灯光里充满了劣质咖啡的味道和人间的温暖。

新的一年，一切顺利。我祝愿她。

她笑着说，假如明天的手术顺利，这一年才能顺利。

老毛病有点儿像老朋友，都跟你十几年了，用手术吗？我问她。

用！她非常坚决地说。

她手术的全名叫胃底折叠术，目的是为了治疗她的老病：食管反流。因为这个毛病，她每天下午四五点钟，便不能再吃东西。尽管这样，她的体重仍然在九十公斤左右。

亲爱的，重返柏林①，我才知道，什么是自由；自由告诉我这个八十岁的老太太应该怎么生活。

说到这里，T太太起身，挂着拐杖去了一趟卫生间。等待时，我在窗口看了一会儿空荡荡的街道，并没有节日的气氛，笼罩着狂欢后的安宁。可是，狂欢还尚未开始。

T太太重新躺到床上，继续憧憬未来：

手术后，我胃好了，每天正常吃三顿饭，身体就有力气了……那时候，我就可以推着我的"保时捷"②到处溜达了。

---

① T太太半年前搬离柏林，投奔在哥斯拉的女儿，半年后返回。

② 一种老年人用的推车，辅助走路，T太太称它为"保时捷"。

T太太是我过去的邻居，一个老柏林，八十年里离开柏林的时间加起来不超过两年，包括去她女儿家的半年多。假如幽默算是天赋的一种，T太太至少有三种天赋，其他两种是做饭和致自己于死地。

3

　　像某些德国人一样，T太太既聪明又固执，她之前，我从不认识这样的人。她从小受过洗礼，但从不去教堂。她说，上帝就在我身后。

　　我们的房后是一个基督教教堂，每天的钟声，用T太太的话说，"比施密特的咳嗽还频繁"①。她认为，钟声也是上帝的话，比牧师说得好。与其说她信上帝，还不如说她更信自己。她一旦决定的事情，绝不更改，勇敢地走上歧途。

　　一如很多西方老太太，T太太年轻时窈窕丰满，老了发胖。腰围一过三尺，体重过了九十公斤，她便舒服地坐在阳光房的圈椅里，一粒接一粒吃各种颜色的"小孩儿乐"软糖，再也不理睬自己的体型，专心投入到评价窗外过往熟人的事业中。为了学德语，我总坐在她旁边。

---

　　① 施密特是T太太隔壁的邻居，经常咳嗽，2010年死于肺癌。

克里斯蒂娜！哦，这个女人你不用认识，她的脑袋就是她丈夫的项坠。你想知道她是怎么想的，问她丈夫就行了。

老蒂姆！我准备圣诞节捐给老蒂姆一笔毒资，让他快点儿"粉"到位。

老蒂姆，还不到三十岁，像挂在风中的一段儿链条儿，走起路来随着仅有的体重摇晃，路人都躲着他。

还有比劝他戒毒更愚蠢的人吗？！他们瞪着眼睛做梦。我看着老蒂姆长大的，他从没戒掉过任何恶习，他的老恶习是被新恶习给干掉的！

阴冷的雨天，窗外行人稀少时，T太太便打开电暖气，脚搭在凳上，腰部的赘肉嵌进绿色圈椅里，水泥浇筑般严实——开始阅读并评论柏林最通俗也是销量最大的报纸——BZ。玻璃窗浮满水汽，雨中清新的空气萦绕上半身，暖气的热气围裹着下半身，手捧"强盗报"①的T太太最爱说，还要什么呢？意思是，这样已经相当不错。她把看过的版面递给我之前，都先加上自己的脚注：

我最不理解的就是德国人。为难民建个临时居住区，就抗议游行……我看，应该再给难民挖个游泳池，要不他们整天坐着，对健康没好处。

---

① T太太给BZ报纸起的别名。

幽默，要是不掺点恶毒，就不那么幽默。

4

T太太每月有将近三千欧元的退休金，两年前丈夫已经匿名躺进了墓园，这意味着，T太太不用去扫墓……

为什么把路德①匿名安葬？我问她。路德是一个好老头儿。

到时候我也匿名进去。

T太太常常像一个无法主宰世界的世界主人，我像一个看客，坐在她对面T先生空出来的绿色圈椅上，偶尔想象一下，作为匿名死者，路德在墓园里可能有的状态和心情。

坟墓也会死的。T太太说。你看白湖那里的犹太人墓地，那么多死去的坟墓，只有墓碑上的名字不死，多尴尬。

我去过白湖那里的犹太人墓地，据说是欧洲最大的。的确有很多坟墓被野草封死，锈蚀的铁栅栏看上去比酥糖还酥。看着那些在坟墓中的死去的坟墓，令人格外悲伤。那些二战前在这里长眠的犹太人，他们的很多后代都死于二战的屠杀。

多看几眼死亡的坟墓，对人间的期望，愈加飘摇。

---

① T太太的丈夫。

5

再见 T 太太，是她手术后的第二天。她一个人躺在重症监护室，周围是各种仪器，如持枪的卫兵，既像在监护她，也像在看押。第一眼我没认出她，她卸去了假牙，眼睛凹陷，颧骨肿得像蒙古人，嘴巴凹成一个洼，洼里发出一个微弱的"嗨"，声音中努力出来的振奋滑倒在尾音里，很讽刺。

我握住她的一只手，仿佛握住了充气的手蜡。

我的样子看起来不怎么样吧？

谁都没想到的是，这是 T 太太说出的最后一句话。

又见 T 太太，她在昏迷中。鼻子插着氧气，悬在头顶的是三个点滴袋子，冰冷的药水正缓慢从容地流入她的体内。

我无话可说，连思绪也没有。

病房的窗外，天空碧蓝，一幢刚竣工的白色公寓因为扎眼，看上去有些不安。它旁边秃秃的树枝，随风摇晃，像是寂静正午里唯一无忧的灵魂，遥不可及，仿佛印在另一个世界的图片上。

隔一天，又去探访 T 太太。她依然处在昏迷中，被周围的机器拉扯起来，各种管子要么插进她，要么夹住她。氧气管之下，

呼吸机的管子插在她的嘴里，用胶带封住，防止滑落。

病房的寂静中，呼吸机高雅的声音，带着对人类的蔑视，懒洋洋地重复着。躺在机器中间的 T 太太，软乎乎的一堆，宛如无法主宰自己的某种物质，任凭机器的操纵。我找医生，想详细打听情况。医生告诉我，等等。

离开医院回家的路上，我在想，T 太太是否后悔了，在这一地步之前，没把自己直接交给死亡。

6

T 太太有点儿特异功能。她一梦见大面积的白色，比如床单，雪地，粉刷过的白墙壁，她或者路德家的亲属就会有人死去。每一次都十分灵验。

邻居也会受到牵连吗？有一次我问她。她哈哈大笑。她说，不会，你是外国人。

假如我有几天不去她家，她便会按我的门铃，问我是不是还活着。T 太太是一个诚实的人，心里没有洋溢的善良，有些刻薄，并无恶意。

因此，与 T 太太保持来往的人少而又少，而且还在不断减少中。我曾见过她的一个女朋友怒气冲冲地责问她：

我以为我们是朋友，你却满世界说我是靠跟顾客睡觉才能有今天!

　　T太太哼了一声，仿佛指责的是她身后的某个人。

　　那女人忽然跌坐到沙发上，嘤嘤哭起来。T太太递给她一摞面巾纸，自己去厨房做咖啡。

　　我坐在阳光房里，尽量不弄出声音，免得让那女人尴尬。T太太的咖啡还没好，她的朋友没打招呼就离开了，擦过眼泪鼻涕的面巾纸也带走了，没留下任何伤心的证据。

　　T太太把一杯咖啡递给我，然后说：

　　我要像她那么漂亮，也会那么干。女人就应该做女人。

　　生活，有时候值得眯起眼睛，仔细端详。

　　T太太也说我的坏话。我虽然不觉得这是我的荣耀，但她的坏话幽默刻薄，的确很有质量。

　　说别人坏话，如同秋天落叶一般，是很自然的事情。

7

　　再去看T太太，我吓了一跳，她更像一条无法下沉的破船，飘浮着。松弛的脸颊悬吊在腮边，浮肿的身体坠在自己的浮水中。她的眼皮沉沉地压住眼睛，好像在防止它睁开，瞥见赴死征途上的风景。

呼吸机规律的呼嗒声，表明她还活着。

临床新来的老太太，也像 T 太太一样仰面朝天戴着呼吸机，只不过她的身体里面没有水，像木乃伊一样干瘪。

按照德国法律，我作为 T 太太过去的邻居，非直系亲属，无权知道病人的病情。

她的直系亲属什么时候过来？

她女儿明天上午到柏林。一个大夫告诉我。

那天下午，我在 T 太太床边站得时间长些，努力让自己的呼吸在两台呼吸机的一唱一和中，保持正常。两台监控仪器的指示灯雀跃闪烁，与吊瓶沆瀣一气，窗口的斜阳还没进来就消失了……

……不知道为什么，我被机器激怒了。我特想警告它们，除了这些垂死的人，人类还有强大的群体！

在电梯里，一个下班的医生简单地向我描述了 T 太太术后发生的演变。我提醒他那条法律，他哼了一声说，我是唯一一个经常探视 T 太太的人。那之后，我对她的病情第一次有了全面的认识。

T 太太的手术应该说是成功的。术后她有些心衰，大夫建议她做一个彻底的检查，为此需要去另一个专门的医院。T 太太用目光批准了这个建议，当天晚上她又躺回原来的病床时，开始发烧，感染了肺炎，肺里有积液，当天夜里，开始昏迷，直到现在，已经是第六天，生命垂危。

您认识她女儿？

我摇头。

她明天上午过来，下午赶回去，您也可以过来。

我再次摇头。

和T太太住了十年邻居，我从未见过她女儿。路德去世时，她来过一次，但我在中国。

离开医院，我绕了一小段路，从维马斯多夫墓园的西北门进去，我要告诉路德，他太太的情况。

墓园很大，横竖几十排，按字母排序，由参天的松柏守护着。在茫茫死者中穿行，我走得并不从容，最后也没确定匿名死者路德到底在哪里。我继续在墓园里游荡，走走也许就能碰到他的灵魂了。路德，你老婆上路去找你了……我在心里小声说，只有风声在松林中回荡。

从维马斯多夫墓园东南门离开时，我想，无论怎样，还是带着名姓，投向浩瀚的死好些，在浩瀚的虚无中，为名字买个牌位的钱，值得一花。

而且，活着时，应该攒出这笔钱。

8

我们住的地方是一个很小的公园，绕着公园，20世纪20年代建起的一个圈楼，类似罗马斗兽场的造型。公园里有几十棵大树，以栗子树为主，其中两棵病树是我和T太太经常谈论的。夏天还没过完，它们的叶子就变成铁锈色，卷曲成团儿，像是疼得不行。专家说，只能等它们自己好起来。年复一年，每当春天来临，我和T太太都期望，这一年，树会自己好起来。

除了有病不能去医院这一点，树什么都好。T太太曾经说过这话。她自己有很多病，每种病都在治疗中，天长日久，治疗和病共建了一种平衡：病没治好，但也没恶化。然而，T太太并不满意这样的状态，她觉得病是可以治好的，人因此有别于树。

另一个持有相同观点的人，是我父亲。他坚信，没有任何一种病是药治不了的。他们是一种人，非常想活，努力活得长久，但这愿望却把他们不停地朝死推近。他们为活而做的努力，加速了死。

除了食管反流，T太太的另一种病与曾经的银行工作有关。这工作给她带来丰厚的退休金和颈椎病，她经常眩晕。有一天——这一天在我的印象中就是T太太命运的转折点，她叫

我过去吃煎鱼和土豆泥，外配芸豆。吃完饭，她说有重要的事，想与我商量。我们路过她的客厅，像路过一个走廊过道一样，直奔阳光房。T太太家的任何事情都是在阳光房商讨的。

昨天我晕倒了，心脏难受，在地上躺了半天才起来。我忽然意识到一种可能：我死在家里长时间没人发现。尤其你回国的话，这种可能性更大。

我等待她的下文。

我要搬到我女儿家去！

任何一个正常的人，都不会和被他们描述病得如此恶劣的人同住，哪怕这人是他们的女儿或者儿子。但所有的劝说我都咽回肚里了，T太太的表情告诉我，即使上帝本人驾着马车来，也拦不住她。

……我在这个楼里住了四十七年，比你岁数还大……老了身边没人，很麻烦……她家好坏，我都不管，我有自己的房间，有自己的电话，有自己的电视，虽然浴室是共用的……

就这样，T太太拆了自己的家，把家具几乎原封不动地送给了续租人，离开了柏林，搬到北部古城哥斯拉附近的一个小镇上。她搬家前的情形我无法描述，那段时间我也没在柏林；再回来时，便是新邻居告诉我T太太住院的消息。

我从另外一个邻居那里打听到T太太搬回柏林后的新地址，拜访了她的新邻居。跟我预料的一样，T太太永远都会和她的近邻交上朋友，为此，她只需要两天时间，最多。

　　她的新邻居是一个七十多岁的女人，姓施密特，独自生活。她打开门，看我一眼似乎便确认了，我曾是 T 太太的邻居。T 太太的邻居总有些共同的特点：他们对窗外的人和世界不那么感兴趣；也不爱把脑袋热时的想法付诸实践。他们几乎是 T 太太的反面，他们的邻居关系像一种平衡。

　　施密特太太退休前曾在某个政府部门做统计工作，是我见过说话最具概括力的女人。

　　"她扶着助步器（克服眩晕带来的恐惧），用了三周时间，花了几千欧元，动用了各种人力，安顿了新居。"

　　这是施密特女士对 T 太太重返柏林后的状态描述。

　　住院前最后一周，她坐在自己的大沙发上，环视满屋子从古董店里买来的家具，本应就此开始一个"新生活"，但她脑子里各种沸腾的想法也需要安置。我能理解她在新生活即将开始之际感到的激动和亢奋，可惜 T 太太只有窗外的世间阅历，少有书本上的经验，否则以她的聪明，早就可以发现，所谓的新生活，所谓开始一个新生活，都是自欺欺人的安慰剂。每个生活只有一个开始，唯一的一个开始。

　　T 太太用诸多想法中的一个，她认为最重要最根本的那个，平定了别的想法：在新的生活里，她必须保证独自活动的能力，一个人去买东西，偶尔散步……要做到这一点，她必须增加力气，为此，她必须多吃饭。于是，她去看医生，医生毫不犹豫地提出了医治方案：做胃底折叠手术。

…………

假如把某些人生的细节列出清单，不亚于罪行，同样触目惊心的是，多数是自己对自己犯罪。

三年前，T太太的丈夫路德为一个小小的脚趾矫正手术，感染（感染原因是大夫忽视了患者的血糖问题，没做及时的处理），失去了半条腿，她的几个朋友都建议她起诉医院。

不能起诉，医生的犯罪都是正当防卫。

T太太私下里对我说的却是，打官司无论输赢，结果都将在她的葬礼上公布。她正确估价了司法程序，正确估计了自己的精力体力财力，她不想用自己的性命打这场官司。在这一点上，路德没有异议，他从来不听妻子的话，在疾病问题上，他对大夫言听计从，哪怕大夫让他失去了一条腿。

T太太对丈夫的预言也像白床单一样精准：路德不死在大夫手里，难以瞑目。最后，在医院，路德死于用药错误引起的心衰。

我没有机会再向T太太询问，在对大夫的极度失望后，为什么还要把自己交给医院？！

9

　　T太太昏迷的第十九天，我在病房碰到一个中年男人。他主动询问我是不是T太太过去的邻居，他想跟我谈谈。

　　病房的小会客室，一枝黄色的康乃馨在花瓶清澈的水里，歪着自己的花朵，把医院里的沉沉死气挑开一条细缝儿。

　　我们大概对彼此都有些了解了……特维克先生说完，我会意地笑了。T太太早就向我说起过他们一家，反过来估计也一样。

　　二十年前，特维克先生和妻子还有一个刚刚出生的婴儿，曾在我现在的房子里住过。那时，T太太刚刚退休，做过孩子的保姆，这些年他们一直有联系。T太太的女儿前不久在柏林的短暂停留中，做了一个重大的交接——把本应她来承担的监护母亲的责任转交给了特维克先生，由他全权决定，T太太的下一步治疗，换句话说，决定她的生死。

　　特维克先生是一所大学的哲学教授，主要方向是怀疑主义。T太太曾说，因为怀疑主义的影响，特维克先生变成了一个犹豫主义者。看着他脸上缓慢呈现的笑容，我想，T太太的女儿一定是在他犹豫之时，把责任像礼物那样塞进了他的手里。

　　她女儿还会再来吗？

　　除非她母亲的状态有所变化，否则她不会再来。她说，她必须工作。

变化指的是醒过来或者死过去？

…………

特维克先生接受这个使命之后，几乎每天都去医院。他每次站在 T 太太的病床前，都必须思考相同的问题：要不要拔掉所有的管子，让她踏上去天堂的路。

T 太太全身积水，每隔一天高烧一次。她的手指肿成了小木棍儿，其中一个食指被监控仪器的传导器夹变了形。她的喉咙里发出粗重的哨音，肺部情况在恶化。我和特维克先生再次在 T 太太的床头相遇时，大夫刚刚切开了她的气管儿，他们对患者的状态没有丝毫乐观的预示。

该问问上帝怎么办？我建议。

上帝在告诉我怎么办之前，会问我，我想怎么办。听特维克先生这么说，我差点笑出声。哲学家的职业病——不放过任何拷问自己的机会。

要是您处在我的位置上，您会怎么做？他问我，带着上帝对凡人的和蔼。

拔掉管子。我说。

10

在特维克先生的犹豫中，二十五天没吃没喝昏迷不醒的 T 太太苏醒了。

11

所有的医生都觉得这是一个奇迹。

12

醒来的 T 太太像一个一百岁的婴儿，脸上嫩粉色的皮肤几乎是透明的，晶亮的额头丝缎一般平滑，曾经凹陷的棕色大眼睛变成了凸起的小球，在塌陷的眼眶里，偶尔转动。只有塌陷的嘴，一如之前那样塌陷着，因为呼吸机连在切开的气管儿上，她无法说话。

她的目光不是新生的，充满了她过去特有的嘲讽。不管她看见谁，看见什么，时时刻刻都是嘲讽的目光，仿佛她的眼底就是一个讽刺之矿。

终于有一次，特维克先生，T 太太的女儿和我在她的病床前偶然相遇了。我从她的目光里看到，她分配给我们每个人的嘲讽是均等的。我们东拉西扯，努力分散这目光带来的胁迫，无济于事。

之后的某一天里，恍然间我理解了 T 太太的目光：我们中的任何人都没有想到甚至也没希望过，她能醒过来。

假如上帝站到她的面前，她丝毫不会减少这嘲讽。在她的感觉中，她牢牢地握住了自己的命。我不由地钦佩她的勇气，一个将近八十岁的人扔掉自己的家，居然还能重返。她对自己的坚信，居然也把她从死亡的手里拉回来了。

人活到此，也算到了一个极致。

一个古希腊哲学家曾说过，从死亡的方式，可以对他人的生命做出正确的判断。

13

那以后，我又在医院遇到 T 太太的女儿两次，她没有给我留下什么印象，除了不停地担心去火车站的路上会堵车。她有一种重返人间的急切，虽然她还在人间。

缓慢的特维克先生探望 T 太太的频率由每天减少到每周四次左右，有时，他太太代替他。苏醒后的 T 太太不久被转到柏林郊区的一个医院里，我开车带施密特太太去过一次。返回的路上，她不停地重复一句话，生不如死，生不如死……我仿佛看见 T 太太嘲讽的目光，正越过我的方向盘，投向了施密特太太的苍苍白发。T 太太仍然不能动，不能吃，不能说话，她用目光活着，用目光对她的探视者说 Hallo 和再见，用目光讥笑他们，讥笑这个世界。

认识 T 太太的人评论着她的生死，评论着她没有认领的那份死。其实，都是废话。死亡像太阳一样，没人能正视。

14

刚进二月份，我接到电话，舅舅病危，我回国了。

两个月后，收到特维克先生的邮件。他说，感谢上帝，T 太太的呼吸机已经被撤下，虽然还不能进食，但可以把手臂抬起放到肚子上……她的女儿平均每个月来两次柏林，当天来当天回去……

五月的第二天，舅舅去世。去世前，他说，你们都回去吧，不用送了，有人接我。

他像客人一样，离开了这个世界。他的死，令我感到骄傲。

五月的第五天，T 太太去世了。

特维克先生写给我的邮件里，简单描述了她的临终。T 太太的女儿为了更方便照顾她，把她用直升机转到了哥斯拉附近的一个医院里。到了那里的第二天，T 太太再度肺部感染，医生要抢救，她自己拒绝了，在我的想象中，她是用嘲讽的目光拒绝这次抢救的。

最后，特维克先生写道："令人欣慰的是，T 太太和女儿最终还是相互理解，和好如初了。"

15

生命最后那一刻里的欣慰之事，也许就是不必死去之人的愿望。否则 T 太太眼中顽固的讥讽，又作何解释呢？

剪影

　　公交车上坐着一个老头儿，手里紧紧攥着一个小布袋，仿佛身家性命都在里面了。他身体僵直地坐着，时刻提防抢劫，时刻准备拼命。

　　他的小布袋是脏脏的白色，上面印的广告只能看清两个字：公社。他衣服前襟上是另外的广告，能看清的两个字是：远大。

　　公交车拐进午后的阳光里，太阳照在他的脸上，他并不理会。这个世界上再也没有比这个小布袋更重要的东西了。

　　一个夏天的正午，寂静的街边有张破竹椅，上面躺着一个酣睡的老头儿。他的白 T 恤上写着：风和日丽。

　　那却是一个闷热的阴天儿，汗珠顺着他的脸颊摔落到地上，仿佛带着回响儿。

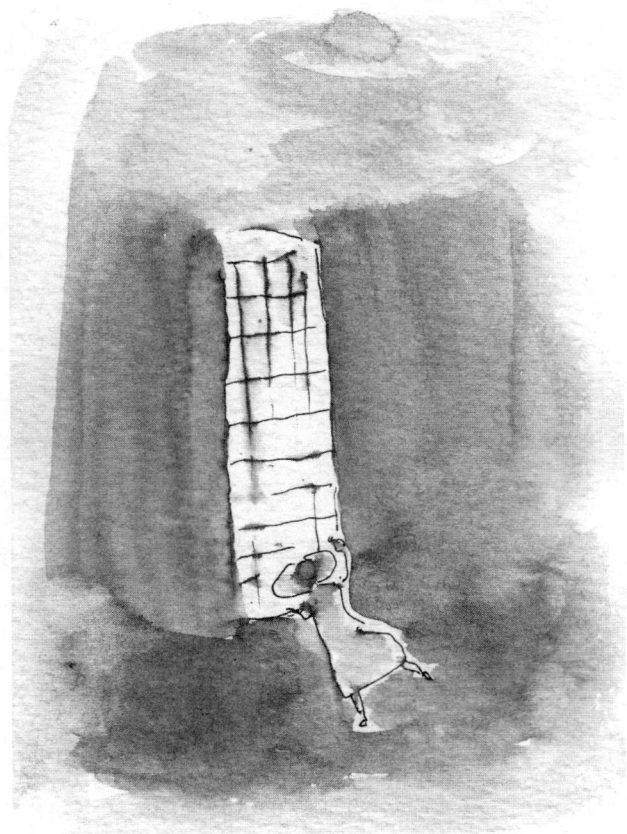

一个拄着双拐的老头儿，愤怒地走在街上。

他的双拐散发着冲锋枪的威慑。除了愤怒，他还有某种人不犯我我不犯人的正直姿态。

他的脸好苦，看见的人都会想，这个老头儿迎来了人生的最苦之年。

街边的小馆子油腻腻的，馆子门前的小路踏得黑亮，看不清颜色的窗口吹出烧烤的香味儿，一直飘到街边的鸽笼里。

鸽笼挨着黑色大音箱，俗气但有力量的嗨曲儿把音箱震得像哮喘病人的胸脯。

鸽子沉默不语，等着被烧烤；心思重重，根本没听见音乐。

鸽笼旁边坐着一个老头儿，短裤下静脉曲张的双腿十分刺眼，好像他腿里有很多肥虫，一只小腿看上去简直就像用虫子组成的。

他和鸽子一样静默，但很悠闲。他看鸽子，看行人，看进到馆子里的顾客，看一块儿白云飘远，再看远处的白云飘近。他神态怡然地看着，仿佛这就是医治静脉曲张的良药。

纷纷的落叶……

摇摇晃晃，比肩接踵，宛如奔向终点……

人和叶子也许都不知道，终点到底在哪里。

去一个不知的何处，路上难免会有那么点儿慌乱……

医院的病房里，一个皮包骨的老头儿，每天打八个滴流，他胳膊上屁股上的针眼儿都往外冒药水。

有一天，他抓住一袋滴流，握在手里，大喊……

不打了，我什么都不打了，去你妈的，谁都别拦我，拦我，我死给你们看……

大夫护士来了，他们试图接近老头儿。

滚！从现在开始，我什么滴溜都不打了！

大爷，您老不打滴溜，症状不能缓解，您老不是难受吗？！呼吸困难，撒不出尿，您老忘了？

我没忘。我明白你们是怎么回事，我不死，你们就能挣钱，你们给我打滴溜，是怕我死，挣不到钱了……

大爷，前两天儿，您老症状不是缓解了吗？

缓解个屁。除了镇定药和安眠药，什么药都没用。反正都是死，让我快点死，给儿女省省！

老爷子说完，往后一仰，亏了护工手疾眼快，拉住他的病号服，避免了脑袋撞在墙上。老头儿挥拳打护工。

打！给我打二十针安眠药，老天爷，我求你，我给你钱，我给你钱，你让我死吧！

老天爷给老头儿打了一针镇定剂，外加一针安眠药，老头儿像一截飘在水上的枯木，进入了梦乡……

托马斯·布朗在《瓮葬》中写道："他们吸走亲友的最后的余息……在他们看来，魂魄是通过这种途径脱离身体的，又据毕达哥拉斯的说法，人体中的灵魂可以移往他人，因此，出于对亲友的感情，他们希望这灵魂能成为自己的。"

但是，中国人都在极力避开死者最后扑出的那口气……

托马斯·布朗在《瓮葬》中写道："印度的婆罗门教徒似乎是火的挚友；他们常常自焚，以为在火中了断生命，是最高贵的一途……"

对于一个人的回忆，如果没有好的，美的；坏的，丑的，根本不值得单独一说。

一个墓园的下午光景……

夏日明亮的阳光，宛如锦缎耀眼的反光，在墓园的上空弥散着，温暖静谧。假如没有树木的华盖在墓碑上剪出的暗影，假如没有这明暗在心里唤起的节奏，也许会有天堂不过如此的幻觉……

栾树下三个戴手套的男人，正在"掘墓"。他们敲开旧棺木

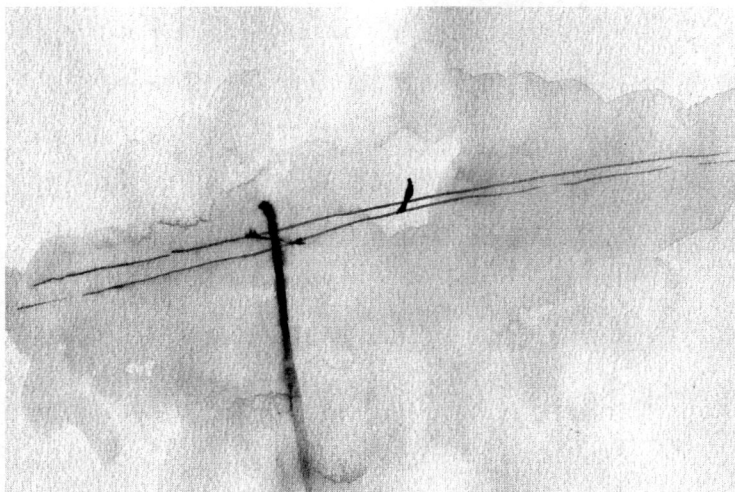

的铝皮时，仿佛从虚无中飞过来的乌鸦，已经落到栾树上。树上铃铛一样的果实摇晃发出的窸窣之声，仿佛代替了本应铝皮发出的声音。

无法知道这个被"请"出墓园的死者的名字，他的墓碑倒扣在湿润的泥土中；他正在第二次死去。从尘世死进坟墓，现在又由坟墓死到哪里去呢？唯一可以肯定的是，他与这世的联系更彻底地剪断了，能给他的墓穴付钱的人也死去了。

乌鸦飞走了，它们确定，没有腐尸可以充饥……

太阳向西，时光走向昏暗，傍晚不知不觉来了，乌鸦在草地上，在墓碑上觅食。还有很多叫不出名字的鸟，在啄食祭奠的蜡烛，红的，白的，不知口感有否差别。

墓园外的咖啡馆里，一个喝香槟的老头儿指着墓园前的大街说，这条通向墓园的路，挤满了人，从 1900 年到现在，从未间断过……

……生者看望死者，死者也看望了生者，这便是墓园的光景吧。

天黑了，从墓园穿过，抄近路回住处。热烘烘的潮湿中，我看见硕鼠从地下钻出来，急速地窜向更黑暗的地方。那里仿佛慢悠悠地走过来一只小鹿……我站住，断定那是一只鹿，不是自己的幻觉，便仓皇逃离了墓园，脚步发沉，仿佛拖着数不清的死者。

那只小鹿从未走进我的梦；在我白日发呆时，偶尔从眼前走过，慢得恍惚且优雅。

从前有一个男子，生了重病，自知即将死去，咏了这样一首诗：

有生必有死，此语早已闻。

命尽今明日，叫人吃一惊。①

石川啄木：

把死当作

平常吃的药

在心痛的时候

毛姆说：生命的尽头，就像人在黄昏时分读书，读啊读，没有察觉到光线渐暗；直到他停下来休息，才猛然发现白天已经过去，天已经很暗；再低头看书却什么都看不清了，书页已不再有意义。

---

① 选自《伊势物语》第一百二十五话。丰子恺译，上海译文出版社，2014年版。

当知觉

埋在黑暗的泥土里，

幸存也令人恐怖。①

---

① 选自美国诗人露易丝·格丽克《野鸢尾》。

跋

写完这本书,已经没什么好说的了。只有两句话补充在这里:

写这本书的过程,对我,是上了一次"老年大学"。学习了面对死亡的许多精神常识;面对了他人垂死的状况,想象了自己……

生命像一阵微风,常在被忽视中。

这是一本故事书,可惜,素材都不是我凭空捏造的。

无论在地球上哪个地方,总见悲惨的死亡;美好的死,死得美好,虽然应是人间的存在,却罕见得难得一见。

从前种种,譬如昨日死。

今后种种,譬如今日生。

除了内心真正地面对,无论生死,我们没有别的出口。

2016 年冬,于柏林

图书在版编目 (CIP) 数据

如归 / 冯丽著 . —— 北京：北京十月文艺出版社，
2016.8

ISBN 978-7-5302-1602-6

Ⅰ . ①如… Ⅱ . ①冯… Ⅲ . ①散文集—中国—当代
Ⅳ . ① I267

中国版本图书馆 CIP 数据核字 (2016) 第 141588 号

北京市优秀长篇小说创作出版资金资助作品

如 归
RU GUI

冯丽 著

出　　版　北京出版集团公司
　　　　　北京十月文艺出版社
地　　址　北京北三环中路 6 号
邮　　编　100120
网　　址　www.bph.com.cn
发　　行　新经典发行有限公司
　　　　　电话 (010) 68423599
经　　销　新华书店
印　　刷　北京盛通印刷股份有限公司
版　　次　2016 年 8 月第 1 版
　　　　　2016 年 8 月第 1 次印刷
开　　本　850 毫米 ×1168 毫米　1/32
印　　张　9.5
字　　数　164 千字　图 30 幅
书　　号　ISBN 978-7-5302-1602-6
定　　价　32.00 元
质量监督电话　010-58572393
如有印装质量问题，由本社负责调换。